Robert Clayy

Unternehmen Picus - Die Marsmission

Teil I

Copyright: 2018 Robert Clayy

Verlag & Druck: tredition GmbH, Hamburg

ISBN

978-3-7469-3812-7   (Paperback)
978-3-7469-3813-4   (Hardcover)
978-3-7469-3814-1   (e-Book)

Vorwort

Die hier aufgezeichnete Geschichte ist höchst brisant. Im Jahre 2024, oder später, soll es eine Mission von der Erde zum Mars geben. Zum ersten Mal, wie es scheint, sollen Menschen den Nachbarplaneten besuchen und auf der Oberfläche landen.

Zum ersten Mal?

Nein, dies ist nicht wahr!!

Es sind bereits Menschen auf dem Mars gelandet!!

Dies ist die Geschichte eines der Kosmonauten. Ja, es war ein fast ausschließlich russisches Unternehmen. Daher auch der richtige Ausdruck: Kosmonaut. So werden Astronauten in Russland genannt. Der Verlag hat auf Wunsch des Autors diese abenteuerliche Geschichte unter einem Pseudonym veröffentlicht. Warum? Ganz einfach. Der russische Geheimdienst würde es sich nicht nehmen lassen, ihn zu verfolgen und mundtot zu machen. Dies geschieht nun mal mit Verrätern.

Und er ist ein Verräter aus Sicht des russischen Staates. Auch andere Geheimdienste hätten großes Interesse an dem Autor. Schließlich ist sein Wissen über dieses Unternehmen mehr als Gold wert. So viel kann hier gesagt werden:

Robert lebt mit seiner Familie in einem vertrauenswürdigen Land seiner Wahl. Dort kennt niemand seine Vergangenheit, und so wird es bleiben. Wir, die Herausgeber dieses Buches haben dafür Sorge getragen.

001 Die Reise zum Mars

Ob ich auf dem Mars war? Was für eine Frage! Na klar war ich dort. Natürlich war ich nicht alleine. Dimitrie Sisojew, Sergej Raptow, Christos Nerantzakis und ich. Ich werde in dieser Nacherzählung der Ereignisse den Namen Robert annehmen. Jawohl, zwei Russen, ein Grieche und ein Deutscher - so war das Team zusammengestellt. Alles natürlich unter strengster Geheimhaltung. Niemand außer den Russen und einigen Spezialisten aus anderen Ländern wussten von diesem Projekt.

Nun, ich muss doch am Anfang der Geschichte sagen, dass wir nicht ganz die ersten auf dem Mars waren. Die Wahrheit ist, dass die Amerikaner die ersten auf dem roten Planeten waren. Nur hat nie ein Astronaut lebend seinen Fuß auf die Oberfläche gesetzt. Sie hatten vor dort mit einem Shuttle zu landen. Leider hat die Fähre beim Landeanflug mit einer Tragfläche einen Hügel gestreift, und ist so mit dem Bug voran in die Marsoberfläche gestoßen. Das Shuttle überschlug sich, fing Feuer und explodierte. Alle drei Astronauten waren auf der Stelle Tod. Dies war ein herber Verlust für die Raumfahrt.

Die NASA hat seit dem keinen weiteren Versuch unternommen auf dem Planet zu landen. Zu hoch schien das Risiko erneut Menschen zu verlieren. Zu hoch waren sicherlich auch die Kosten. Sie hatten die gesamte Aktion, in weiser Voraussicht geheim gehalten. Zu groß wäre der Prestigeverlust gewesen wenn dies, wenn auch verzögert, Life im Fernsehen übertragen worden wäre. Sie hätten als Versager dagestanden. Sie wollten erst nach erfolgreichem Abschluss der Mission an die Öffentlichkeit. Dies war sehr tragisch. Doch später dazu mehr.

Zurück zu meiner Geschichte mit meinen Kollegen aus Russland und Griechenland. Mit ihnen, ich meine die Russen, war das ja auch so eine Sache. Ihnen war der Konsum von Alkohol – also nicht nur ihnen sondern allen am Projekt Beteiligten - strengstens verboten.

Aber den Russen fiel dies besonders schwer. Kaum dass der Start vom Weltraumzentrum – wo das Zentrum ist, darf ich nicht verraten – also kaum war der Start geglückt und wir in die Umlaufbahn eingeschwenkt, – Warum ich nicht sagen darf wo sich das Raumfahrtzentrum befindet? Nun dies ist geheim, geheim, geheim!! Ist doch klar! Also wir hatten den Orbit um die Erde erreicht, vorher die Brennstofftanks abgeworfen, da hatte Sergej schon eine Flasche besten Wodkas, von woher weiß ich gar nicht – auf den Tisch gestellt.

Jedenfalls war sie auf einmal hervorgezaubert. Ja, die Flasche und vier Gläser waren da. „Auf die Reise zum Mars! Sei Gott uns gnädig und lasse uns gesund wieder zurückkehren und lasse er den Wodka niemals ausgehen! Nastrowje!" Das Gravitationssystem unserer Rakete, kurz GS genannt, war voll in Betrieb, so dass kein einziger Tropfen unseres kostbaren Nasses verloren ging. Vorher hatte ich natürlich protestiert: „Sergej, " sagte ich „... Sergej, du weißt, dass wir keinen Alkohol trinken dürfen. Woher hast du die Flasche? Wenn die Bodensicherheit das herausbekommt, gibt es großen Ärger!"

„Ach was, heut` Abend sitzen die da unten alle bei Sekt und Wodka und Kaviar und Blinis und lassen es sich gut gehen. Und wir hier oben werden wie Kinder behandelt! Sollen wir etwa mit Milch oder Wasser anstoßen?"

„Du hast vollkommen Recht Sergej", ergänzte Dimitrie. „Nun sind wir drei Erdenmonate unterwegs hin zum roten Planeten, und wie lange die Mission dauern wird, weiß niemand ganz genau. Da sollten wir es uns so gemütlich machen wie es nur geht!" Und Christos nickte nur. So hatte ich Ruhe gegeben und mitgetrunken. Gruppendruck nennt man das in der Psychologie. Der Wodka tat gut. Wir waren alle sehr angespannt gewesen während der Startphase. Und nun hatte sich die Bodenkontrolle mit den Worten gemeldet:

„Es ist gut Jungs. Alle Systeme laufen klar und topp. Glückwunsch zu dem sauberen Start." Sergej hatte das Außenkomsystem abgeschaltet, bevor er den Wodka herausgeholt und wir nach kurzer Diskussion angestoßen hatten. Als ich dann das Außenkomsystem, besser bekannt unter dem Kürzel ACS, nach etwa vier Minuten wieder eingeschaltet hatte, bekamen wir natürlich prompt Ärger mit der Bodenkontrolle. Nicht wegen des Alkohols – nein, nein das wussten sie ja noch nicht, sondern weil die Herrn da unten sofort gemerkt hatten, dass wir „weg" waren. Ich will sagen, sie konnten nichts von uns empfangen und wir reagierten nicht auf Anfrage.

Große Aufregung da unten! „Was ist los mit euch?" schallte es uns in die Ohrmuscheln. Die Stimme versuchte ruhig zu bleiben, aber die Verzweiflung und leise Bestürzung, dass wir kurz nach dem Start für genau drei Minuten und siebenundvierzig Sekunden unerreichbar waren, war nicht zu überhören. Skandal solches! „Wahrscheinlich ein Fehler im ACS, der sich selbst wieder behoben hat", versuchte Christos die Bodencrew zu beruhigen.

Vorerst war also wieder Ruhe eingekehrt und wir genossen so gut es ging, zwischen den Check Ups die Aussicht auf die Erde aus genau 340 Kilometern plus minus 8.000 Meter. Denn wenn wir über Berge flogen, war uns die Erdoberfläche natürlich näher als zu dem Zeitpunkt, da wir über dem Pazifik oder dem Atlantik flogen.

Zu der Geschichte mit dem Alkohol an Bord sollte es noch ein Nachspiel geben, und zwar ein negatives. Dazu später in der Erzählung mehr. So viel vorweg. Unsere Computer an Bord waren so gut und ausgereift, dass wir es alle wagen konnten, die recht lange Reise im Tiefschlaf zu verbringen. Wir vier waren während der langen Reise in einem Komazustand und die Rakete wurde ausschließlich von den Computern geflogen.

So wurden auch alle unsere biometrischen Daten an Bord gemessen und an die Bodenkontrollstation übermittelt. Ja richtig, alle, eben auch die Zustände unseres Blutes, waren der Bodenstation bekannt und somit wussten sie auch, dass wir nach Verlassen der Erdumlaufbahn und in der Einschlafphase Alkohol im Blut hatten.

Es war nicht viel, aber immerhin so viel, dass sich die Leitung des Projektes genötigt sah, uns einige mahnende Worte bei der Ankunft am Marsplaneten mitzuteilen und bei unserer Ankunft auf der Erde uns die zugesagten Bezüge zu kürzen. Dies war ja alles vorher in sehr dicken Verträgen zwischen uns Kosmonauten und der russischen Weltraumbehörde vereinbart.

Und da beide Seiten unterschrieben hatten, war der Vertrag rechtskräftig, unser Trinken des Wodkas eindeutig ein Fehlverhalten und die Kürzung der Bezüge vertragskonform. Aber jetzt genug vom Wodka. Auf so einem Flug zu einem so entfernten Planeten kann so allerlei geschehen.

Die Experten waren jedoch der Ansicht, dass solange wir Menschen nicht in der Lage waren, genmanipulierte Homosapiens speziell für Weltraummissionen zu züchten, wir also auf den konventionellen Menschen mit all seinen Nachteilen für die Marsmission zurückgreifen mussten, es besser wäre, die Kosmonauten in einen Tiefschlaf zu versetzen und die Rakete den von der russischen Weltraumbehörde entwickelten leistungsfähigen Computer zu überlassen.

Ich muss nun doch ein wenig ausholen und erzählen, wieso die Menschen gut für die Jagd auf Mammuts und für das Früchte einsammeln, aber schlecht für sehr lange Reisen in sehr engen Raumkapseln sind.

Nennt es Gott oder die Natur oder Biologie oder Charles Darwin oder sonst wer oder was – Fakt ist, dass wir Menschen von wem auch immer so ausgestattet wurden, dass wir eine gewisse Menge Wasser und Nährstoffe und auch das Gas Sauerstoff als Biomolekül für unseren Lebensunterhalt brauchen. Nicht nur, dass etwas in den Körper hinein kommt – nein, es kommt auch etwas aus ihm heraus, und das nicht zu knapp. Die Experten unserer Mission waren sich nach sehr langen Diskussionen und Gesprächen dann doch einig, dass die Kosten für den Flug zu verringern wären wenn wir, bedingt durch den Schlaf, weniger Nährstoffe und weniger Mist machen würden. Gut siebzig Prozent weniger Lebensmittel müssen mit

auf den Weg geschickt werden. Bekanntlich gibt es ja keine Autobahn-
raststätten oder Imbisse mit Toiletten im All.
Na dann gute Nacht! Die Sonnensegel waren ausgefahren. Der Drehim-
puls, der zur Rotation des Ringes um die Kapsel führte, kurz gezündet, die
Energieerhaltungssysteme eingeschaltet, alle anderen Systeme auf Stand-
by, so dass, nach dem das Sandmännchen uns Sand in die Augen gestreut
hatte, wir sanft einschlummern konnten. Nach genau dreiundneunzig Tagen sollten wir wieder aus dem Tiefschlaf erwachen und es sollte sich
tatsächlich nichts verändert haben. Und so geschah es auch. Absolut
nichts war passiert, was die Mission hätte gefährden können. Uff – großes
Aufatmen! Es war einfach Klasse. Wir vier wachten fast gleichzeitig auf,
so gut war unser Hallo-Wach-Serum auf unsere Körperfülle abgestimmt
worden. Nach dem Waschen und Anlegen der Bordkleidung waren wir
alle sehr aufgeregt. Die Außenfenster waren noch verdunkelt und erst, als
wir in unseren Sitzen Platz genommen hatten, und wir eine Kleinigkeit
gegessen hatten, durften wir die Fenstergläser zur Außensicht einstellen.
Viel Zeit hatten wir also nicht um Gespräche zu führen auf dieser langen
Reise. Ja, es war wohl die längste Reise, die vier Erdbewohner überhaupt
jemals unternommen hatten. Wir waren wirklich sehr weit von Zuhause
weg. Die Erde war noch als kleiner Punkt in einem Schwarzen Meer des
Nichts zu erkennen.
Doch dazu später. Viel interessanter war natürlich der Mars. Dieser wunderschöne, rote Planet mit den vereisten Polen und den aller Wahrschein-
lichkeit nach größten Wasservolumen außerhalb der Erde in unserem
Sonnensystem. Das Wasser vermuteten wir unterhalb der Marsoberfläche
in einigen Kilometern Tiefe. Doch dazu auch später mehr.
Ich möchte von unserer Ankunft und den Begegnungen mit den Marsbewohnern erzählen. Aha, also doch Spinnkram und Idiotie? Nein, wirklich,
es gibt sie, die Marsbewohner. Ich lege allergrößten Wert auf Seriosität.
Ich bin kein Märchenerzähler, sondern wage mich sehr weit aus dem
Fenster, indem ich nicht nur ein unter allgemeiner Geheimhaltung stehen-

des Unternehmen der breiten Öffentlichkeit zugänglich mache, sondern auch noch viele persönliche Details preisgebe. Richtig, nicht alle, aber viele Details.

002 Die Rutschpartie

Wir waren mit unserem Shuttle auf der Oberfläche gelandet. Den vorgesehenen Landepunkt hatten wir verpasst. Dies hätte sehr tragisch für die gesamte Mission enden können. Stellt euch vor wir wären auf einem Kraterrand gelandet und wären in den selbigen gefallen! Wie ein Kinderspielzeug in eine Sandkiste. Plumps, Überschlag, Peng. Es hätte eine genauso große Katastrophe werden können wie bei der NASA. Na jedenfalls, das möchte ich nicht unterschlagen zu berichten, hatte – ne, ne, nicht Dimitrie, sondern Christos etwas zum Anstoßen hervorgezaubert. Es war der allerbeste Metaxa, den ich je getrunken hatte. Mit Blick aus einer Milliarde teuren schweren Raumstation – denn jetzt war es eine Raumstation, wir flogen ja um den Mars.

Also, wir schauen uns den Mars aus etwa 25.000 Metern an und schlürfen unseren Metaxa. Christos sagt: „Da sind wir!! Wir danken Gott für die Reise und für diese unfassbare Aussicht. Zum Wohle!!" Alle prosteten in ihrer Landessprache und tranken. Mir schossen die Tränen in die Augen. Und auch Sergej und Dimitrie weinten. Nur Christos war ganz im Bann des Augenblicks gefangen und schaute überglücklich auf den großen Klumpen aus Stein unter uns, oder, um Einstein zu bemühen, da jede Materie in Relation zueinander steht – über uns. Äh – ja. Wir landeten demnach genau drei Meter und siebenundfünfzig Zentimeter neben den vorgesehenen Landeplatz. Kein Drama, nichts Schlimmes. Aber immerhin. Wir glaubten unseren Computern, und die zeigten uns diese Daten auf dem Display.

Wir waren alle vier auf dem Mars gelandet. Das Mutterschiff war in seiner Umlaufbahn auf sich gestellt. Da war niemand mehr an Bord. Ohne Besatzung. Das geht. Mit den heutigen Computern ist dies gar nicht so ein großes Risiko. Wir fuhren mit dem MAM, dem Marsautomobil auf der Oberfläche mit einem Riesentempo von circa zwölf Kilometern pro Erdenstunde. Dimitrie und ich waren etwa zwanzig Minuten so gefahren, als wir anhielten, um uns einen etwa zwei Meter zwanzig hohen Felsbrocken anzusehen. „Halt mal an!", sagte ich zu ihm. Er fuhr das MAM. „Die Farbe des Steines unterscheidet sich von der Farbe der Umgebung. Das Rot hat einen enormen Anteil an Blau. Das sollten wir mal analysieren. Vielleicht sind die Mineralsteine anders gelagert, als wir es gewohnt sind."

„Willst du eine Probe nehmen?", fragte mich Dimitrie. Ich war schon vom MAM abgestiegen und auf den Stein zugegangen. „Ja, es wird immer interessanter. Das solltest du dir ansehen. Der Fels unterscheidet sich auch in der Oberflächenstruktur von dem, was wir bisher gesehen haben. Er hat ganz eindeutig kristalline Einschlüsse von violetter Farbgebung."

Dimitrie kam hinzu, und er hatte schon den extra für Probeentnahmen entwickelten Hammer in der Hand. Er wollte gerade den ersten Hammerschlag ausführen um die Probe abzuschlagen, als plötzlich der Boden unter uns anfing wegzurutschen. Und zwar schnell!! Wir konnten keinen festen Halt mehr unter unseren Füßen bekommen. „Was ist das?" „Treibsand oder so!! Weg, weg!!"

„Zu spät!! Halt dich fest!" Ich streckte ihm die Hand entgegen und unsere Hände hielten sich so gut es ging. „Du musst mit dem Arm und den Beinen rudern. Wir dürfen nicht verschüttet werden!" Der Untergrund war so groß wie Kies, so dass wir nicht in ihm versanken, aber er rutschte von oben nach! Das letzte, was ich von der Marsoberfläche sah, waren der große Brocken und unser Auto direkt daneben. Zum Glück blieb der Brocken oben und fiel uns nicht auf den Kopf.

Wir rutschten immer tiefer und tiefer. Kreisrund war die Fläche des Kraters von circa 15 Metern im Durchmesser. „Dimitrie, du musst die Beine strecken als wenn du im Wasser bist!" Er fing an zu sinken. Und wir rutschten auf unseren Hintern Händchen haltend einen nicht enden wollenden Abhang hinunter.

Ich schaute nach oben und sah, wie das Licht über uns immer kleiner wurde. Ein Blick auf die Armatur auf meiner Armmanschette zeigte mir, dass wir bereits 34, 35 und 36 Meter unterhalb der Marsoberfläche waren. „Wann hört das auf? Setz einen Notruf ab. Damit sie wenigstens wissen, wo wir sind!" „Schon geschehen. Schau, da drüben ist der Untergrund fester. Lass uns dorthin rudern." Er ließ mich los, und wir versuchten, aus dem Kies in einen etwas festeren Boden zu gelangen.

„Es klappt nicht! Aber es wird besser. Weiter, weiter, nicht aufgeben!" Wir schrien uns an, denn der herab sausende Kies machte einen Höllenlärm und außerdem hatten wir Angst, unter das Gestein zu geraten. Wir schafften es. Eine Höhle hatte sich uns aufgetan, in die wir da gefallen waren. Sie war riesig, und wir waren am Rande eines großen, eines sehr großen Schuttberges. „Elendiger Mist - was ist das denn für ein großer Mist? Bist du verletzt?" „Nein, nein, es ist alles in Ordnung – glaub ich jedenfalls." Eine kleine Pause entstand, und ich schaute nach oben. „Wie kommen wir hier wieder raus?" Ich sah auf meinem Anzeiger eine Zahl mit einem Minuszeichen davor.
Ich versuchte meinen kleinen Schock dadurch zu überwinden, indem ich eine fast hektische Betriebsamkeit entfaltete. „Bei mir ist auch alles in Ordnung. Wie es scheint, haben die Anzüge auch nichts abbekommen. Wir sind laut Anzeige 212 Meter von der Oberfläche entfernt." Zum Glück waren unsere Außenschichten der Anzüge nicht beschädigt worden. Nicht auszudenken, wenn sie einen Riss abbekommen hätten in der sauerstofflosen Atmosphäre auf dem Mars. Wir wären schnell erstickt! Dimitrie meinte nur trocken: „Es lohnt sich eben doch, gute russische Wertarbeit mit hinauszunehmen ins weite Sonnensystem." Wir standen nun auf festem Boden.
Neben uns ragte der Schuttberg über einhundert Meter in die Höhe bis zum nun klein anzuschauenden Kraterrand über unseren Köpfen. „Was nun?", schaute mich Dimitrie an. „Comverbindung zum Shuttle aufnehmen. Vielleicht können sie uns hier rausholen! Aber lass uns vorher erst

mal weg hier, wenn das Zeug nachrutscht möchte ich hier weg sein. Oder der Felsbrocken von oben kommt noch herunter.
Dieser Blödsinn! Warum musstest du dir diesen blöden Felsbrocken auch ansehen?!"
„Jetzt lass uns nicht streiten. Wir müssen erst mal in Sicherheit." Wir schauten uns an und waren uns einig – Sicherheit geht vor. Dann wanderten unsere Blicke herum, und wir wurden nun erst gewahr, in was für eine große Halle wir da gerutscht waren. „Los, komm` da rüber auf den kleinen Hügel. Bevor der Rest noch nachrutscht und uns verschüttet. Das sieht sicher aus." Wir trabten los und gingen einen kleinen Hügel hinauf.

Oben angekommen setzten wir uns auf den Boden. „Puh, was für ein Mist aber auch. Elendiges Kanonenrohr!"
„Halt deinen Mund, dein Gefluche nützt uns auch nichts. Versuch du Sergej oder Christos zu erreichen. Ich werde unsere Position feststellen." Dimitrie beruhigte sich langsam, und ich versuchte unsere Position zu ermitteln, indem ich einen Laserstrahl rund durch die Höhle schickte. Es gelang mir aber nicht.
Mein Ortungssystem hatte wohl doch einen Schaden davon getragen. Die Höhe der Höhle betrug fast 200 Meter. Die nächste Wand war genau eins Komma drei Kilometer entfernt. „Hallo MMS*, könnt ihr uns hören? Hier Außenteam. Meldet euch!" Erwartungsvolle Blicke. Unsere Ohren wurden so groß wie Pfannenwender. „Hallo, hier Außenteam an MMS. Meldet euch doch!
Keine Antwort.
„Sie können uns nicht empfangen. Oder unser Sender ist defekt, was auf dasselbe hinausläuft." Ich hatte genauso wenig Erfolg wie Dimitrie. „Ich kann dir zwar nicht sagen, wo wir sind, aber ich kann dir sagen, wie groß die Höhle ist. Vielleicht gibt es einen Ausgang auf unserer Ebene. Es wird bestimmt einen Weg geben." Dimitrie saß noch immer und machte keine

Anstalten aufzustehen. Ich schaute noch mal auf mein Display und entdeckte eine kleine grüne Lampe rechts oben in der Ecke, die aufleuchtete. Gleichzeitig zu dem Aufblinken des Lämpchens hörte ich die Stimme des Computers in meinen Ohren sagen: „Atmosphärendruck außen überprüfen! Gaszusammensetzung außen ist für Humanoide positiv." Und dann wieder die freundliche Frauenstimme: „Atmosphärendruck außen überprüfen.

Gaszusammensetzung ist für Humanoide positiv." Ich wusste nicht, wie lange ich da so saß, etwas geschockt von unserer Rutschpartie und nun noch geschockter von dieser Stimme, die mir etwas so Unglaubliches ins Ohr sprach: „… für Humanoide positiv." Das war der Schlüsselsatz, der uns verdeutlichen sollte, dass die Gaszusammensetzung für Menschen gut war – soll heißen, wir konnten die Gase außerhalb unseres Raumanzuges atmen!

Wir würden nicht ersticken, sondern ohne Schutzhelm und Selbstversorgung atmen können! „Dimitrie hör doch!"

„Hier Außenteam MMS, bitte kommen – was willst du Robert? Was ist los?" Ich sagte mit einer ziemlich erregten Stimme: „Wir können die Atmosphäre hier atmen - Dimitrie! Hör doch mal hin, wir können die Helme abnehmen und ohne Selbstversorgung atmen. Ich – äh, ich meine, schau doch nur mal auf dein Display. Die Daten sind positiv für uns Menschen. Das sagt der Computer. Geh von Außencom auf Analyse!"

Sofort blinkte auch sein kleines Lämpchen auf, und er hörte diese nette, aber doch sonore Frauenstimme sagen, dass wir auch ohne Helm überleben würden. Ich würde jetzt gerne einen kleinen Sprung machen und die nächsten 15 Minuten überspringen, denn Dimitrie und ich diskutierten lange, ob wir es wagen könnten, die Helme abzunehmen.

Was wäre, wenn die Außenatmosphäre doch nicht für unsere Lungen taugen würde? Es gäbe dann keinen Zweifel mehr. So nach dem Motto: Tut uns leid. Sorry, wir setzen mal eben den Helm wieder auf. Denn dass mit Stickstoff und Neon und anderen Gasen versetzte Umwelt wäre augenblicklich in unseren gesamten Raumanzug gelangt, und wir hätten nicht so schnell wieder brauchbare Luft zur Verfügung gehabt. Wir wären erstickt!! Hab ich, glaub ich schon erzählt.

O.K., nun kommt endlich das Wichtigste an unserer Mission. Die Begegnung.

003 Die Kontaktaufnahme

Also, die Analysegeräte hätten ja Schaden nehmen können bei unserer Rutschparty und hätten uns völlig falsche Daten übermitteln können. Die Außentemperatur betrug hier im Gegensatz zur Marsoberfläche kuschelige neun Grad Celsius. Also erfroren wären wir nicht. Aber das Risiko war einfach zu groß.

Ich möchte gleich vorausschicken, dass die Spezies auf dem Mars nicht viel mit uns Menschen gemein haben. Daher bitte nie vom Marsmenschen sprechen. Es sind Marsbewohner. Später diskutierten wir an Bord, wie wir sie nennen sollten. Mein Vorschlag, sie „Embe" zu benennen, wurde abgelehnt, und so nannten wir sie „Marcies". Das ist die Kurzform von Marscitizens. Also englisch und kein russisch oder vielleicht griechisch oder so. Und so ist die Namensgebung in die Literatur eingegangen.

Demnach ein Marcie für Singular, und Marcies für Plural. Die erste Begegnung mit ihnen war sehr einfach und unkompliziert. Wir sahen in etwa einhundert Meter Entfernung zwei große Wollknäuel sich ganz langsam in Richtung von uns weg bewegen. Sie waren etwa einen Meter und zwanzig Zentimeter hoch und hatten auf ihrem runden Körper einen kleinen Kopf. Das ganze ohne Hals.

Füße waren das eigentlich nicht, was da ohne jede Art von Ansatz aus dem runden Körper kamen. „Schau mal Robert, da bewegt sich was. Was ist denn das da?" Wir setzten unsere Teleoptik, die im Helm mit eingebaut war, auf und schauten, was sich da vor uns langsam hinweg rollte. Denn wenn auf dem größeren Ball nicht noch ein kleinerer Ball gewesen wäre, hätten wir annehmen können, dass dort ein sehr großer Gymnastikball auf dem Boden der Höhle vorbeirollen würde.

Wir stellten auf Nahsicht und Dimitrie stammelte: „Wa, wa, wa, was ist – ist das hier? Ich dachte, es gibt hier nichts Lebendiges außer uns vieren."

„I-, ich weiß es nicht. Vielleicht träume ich oder es ist hier ein großes Kino, in das wir gerutscht sind."

„Kino?", fragte Dimitrie „. . . wo ist der Kinobesitzer?" „Hallo!" rief ich, „. . . stehen bleiben, hallo!" Eine Mischung aus Angst und Mut und völligem Zweifel stellte sich bei mir ein. Kurz - ich war völlig verwirrt. Wieder versuchte ich, die Verwirrung zu überwinden in dem ich die Flucht nach vorne und nicht zurück antrat. „Hallo, Sie da!" rief ich, und Dimitrie brüllte mich an: „Schrei nicht so in das Com hinein!"

Wenn sie uns hören, kommen sie rüber und laden uns noch zum Tee ein! „Sehr lustig, einen Cognac könnte ich nun vertragen." „Robert, sie können uns doch gar nicht hören. Wir sind doch gar nicht über das Com mit ihnen verbunden. Du kannst brüllen, so viel du willst. Du musst schon trommeln." Ja richtig. Ich fing an zu winken, schaltete das Außencom ein, damit ich meinem Kollegen nicht ins Ohr brüllte, und rief und winkte.

„Hallo, hallo, stehenbleiben bitte!" „Hör auf", schrie mir Dimitrie in die Ohren, „. . . hör auf! Wer weiß, was für Lebewesen das sind. Vielleicht fressen sie gerne Fleisch und haben seit hundert Jahren nichts bekommen. Vielleicht fressen sie uns!!"

Er hat recht, schoss es mir durch den Kopf! Ich hörte sofort auf und warf mich auf den Boden. Dimitrie hatte sich schon lange in Deckung begeben und sich hingelegt. Ich muss wohl völlig übergeschnappt gewesen sein. Aber ich war so aufgeregt und verwirrt. Da schauten wir nun liegend auf dem Höhlenboden zu, wie sich zwei uns völlig unbekannte Wesen langsam von uns weg bewegten. Welch eine Sensation!

Es hatte verschiedene unbemannte Marsexpeditionen gegeben, und alle, die erfolgreich auf dem Mars gelandet waren und noch in der Lage waren ihre erhobenen Daten zu Erde zu senden – alle hatten ein Ergebnis: Nach Auswertung und Überprüfung aller erhobener Daten kann mit an Sicherheit grenzender Wahrscheinlichkeit davon ausgegangen werden, dass es auf dem Planeten Mars kein Leben in irgendwelcher Form gibt.

Aha, soso. So kann man sich also irren. Und zwar gewaltig. Da vorne sahen wir zu unserem Erstaunen wie Milliarden von Rubel in den Marsboden versenkt wurden, denn es waren Unsummen die in die Marsforschung investiert wurden. Kein Leben auf diesem Planeten. Ha! Da lachen doch alle Hühner!

004 Die Verfolgung

„Robert", Dimitrie riss an meinem Oberarm, „Los komm, wir verfolgen sie. Na los, beweg dich! Wir folgen ihnen.
Sicher gibt es noch mehr von diesen Medizinbällen auf zwei Rädern."
„Ich weiß nicht, ob das eine so gute Idee ist. Ich möchte erst mal aus dieser Höhle raus. Unser Leben geht vor. Ich werde ein paar Bilder machen und versuchen biometrische Daten zu ermitteln." Ich hatte bereits wieder mein Com aktiviert, und so hörte Dimitrie genau, wie viel Angst in meiner Stimme war.
„Du Hasenködel! Sie werden uns den Weg hier heraus zeigen. Wir brauchen ihnen nur in gebührendem Abstand zu folgen. Ich lasse dich hier nicht alleine zurück." Nun wurde er etwas grob. Er zog mich am Arm und wollte schon losstapfen. Typisch Russe, dachte ich bei mir. Hat Physik studiert und promoviert, ist ausgebildeter Kampfpilot der russischen Luftwaffe und wird nun sich benehmen wie ein dumpfer Bär aus dem tiefen Sibirien.

„Los, beweg dich endlich, bevor sie uns entwischen." Ich war aufgestanden und folgte ihm stolpernd nach. „Zieh nicht so an mir! Wenn ich hinfalle und mein Anzug einen Riss bekommt, schlag ich Dich." „Ach, sei endlich ruhig. Du deutsches Weichei!" Ich wand meinen Arm aus seiner Umklammerung und folgte ihm widerstrebend.
„Dimitrie, Dimitrie warte!"

„Was ist?"
„Wir haben keine Waffen bei uns, um uns zu verteidigen."

„Dummes Zeug, was du da redest. Wirst schon sehen, die zeigen uns, wo es hier aus dieser Höhle geht."
Wir folgten ihnen also, wie sie am Rand der Höhle entlang watschelten.

Irgendwie unbeholfen aber doch in einem recht schnellem Tempo. Sie
wanden sich nicht um, und so meinten wir, von ihnen unentdeckt zu sein.
Aber – Komma - es sollte sich herausstellen, dass wir schon lange von
ihnen gesehen wurden. Auf dem Mars gehen die Uhren wirklich anders
als auf unserem Mutterplaneten Erde. Nach circa fünf Minuten bogen sie
in einen etwa fünf Meter breiten Gang ein. Wir warteten einige Augenblicke und folgten rasch hinterher, damit wir sie nicht verlieren würden.
Der Gang führte weg von der Höhle. Er ging in Richtung Süd-Südwest.
Das ist aber ohne jede Bedeutung. Das wichtigste ist, dass wir nun auf
dem Mars waren. Es gab insgesamt sechs amerikanische, vier sowjetische,
zwei russische und zwei chinesische unbemannte Marserkundungen. Es
wurden Bodenproben entnommen. Die Gaszusammensetzung wurde ana-
lysiert – wie natürlich auch die Proben des Bodens. Das Marswetter war
in Korrelation mit Sonnenaktivitäten, und alle in diesem Zusammenhang
stehenden Veränderungen wurden aufgenommen.

Kurz, eine Vielzahl von Daten – circa zwei Komma sieben Millionen
wurden erhoben und ich wiederhole, sie wurden auch ausgewertet. Dies
soll heißen: die besten ausgebildeten Physiker, Chemiker, Biologen, Me-
teorologen und mit dabei Ärzte sogar Juristen – ah natürlich die Militärs
diese Spezialisten der Eroberung von nicht eigenstaatlichem Territorium,
waren ebenso von der Partie. Alle hatten in ihren Berichten, bei denen
einige die Stärke der Londoner Telefonbücher erreichten, kein Leben auf
dem Mars verifiziert – also festgestellt.

Und nun stapften Dimitrie und ich diesen beiden aller Wahrscheinlichkeit
nach höher als ein Bakterium entwickelten Marsbewohner oder so - in
gebührendem Abstand hinterher. Oder so? Ja genau, wir wussten noch
nichts über diese beiden Wesen. Am Ende der Höhle war so etwas wie ein
Übergang in einen Unterbau. Als die zwei dahinter verschwunden waren,
beeilten wir uns, so schnell es ging hinterher zukommen.

Wir wollten sie ja nicht verlieren. Als wir dann das Ende des Ganges erreicht hatten, lugten wir hinüber auf die andere Seite.

005 Die große Halle mit dem großen Weg

Wir sahen nichts außer dem oberen Teil eines riesigen Raumes. Wir traten
hinüber und fielen fast in Ohnmacht. Die beiden Marcies waren auf einem
Weg der an einer Wand entlang lief, etwa dreißig Meter von uns entfernt.
Der Weg führte zum Boden der Höhle, die aber keine richtige – aber egal,
ich will sie mal eine große Halle nennen. Was wir dort sahen, verschlug
uns die Sprache. Es wimmelte nur so von Marcies auf dem Boden, der
etwa so breit wie ein Fußballfeld war, sich scheinbar endlos links und
rechts hinzog.
Lange standen wir da.
Irgendwann sank Dimitrie auf die Knie und ich hörte ihn sagen: „Heilige
Mutter Gottes, was ist das?" Er bekreuzigte sich. Ein Russe bleibt eben
ein Russe. Ich kann jetzt nicht weitererzählen. Es war unbeschreiblich.
Pause bitte.
Wenn die Raumfahrtbehörde uns doch nur vorbereitet hätte. Aber so. Es
wurde uns immer wieder versichert: ´Da gibt es kein Leben. Ihr werdet
ganz alleine dort sein. ´
Deshalb wurden uns ja so viele Spielfilme, fast die gesamte Palette aller
russischen, griechischen und deutschen Volkslieder, die gesamten Rock-
und Poplieder seit 1950 bis zur Gegenwart, alles was es an Klassikmusik
gab und ich weiß nicht was noch – mit auf den Weg gegeben. Nichts wurde unversucht gelassen, uns in den unendlichen Weiten des Universums
der Langeweile verlustig werden zu lassen. Da wir in Sichtweite der Marcies waren, hatte ich manchmal den Eindruck, dass der runde Ball auf dem
runden Körper bei einigen sich für zwei Sekunden nach oben zu uns hinauf drehte.

Sie blieben dabei stehen und gingen dann weiter. „Sie haben uns gesehen
Dimitrie! Sie haben uns erkannt!" Ich hatte von Anfang an keine Angst
vor diesen Leuten. „Komm, lass uns runter zu ihnen gehen und schauen,

was sie sonst noch an Überraschungen für uns parat halten." Nun schaute er mich furchtvoll an. „Ich weiß nicht recht. Es sind so viele."

So ändern sich eben die Ansichten. Ich ging vor, Dimitrie folgte. Ich war folgender Ansicht. Wenn sie uns wirklich etwas Böses wollten, hätten sie uns schon lange gefangengenommen und uns verspeist. Wir gingen denselben Weg hinunter, den unsere beiden entlanggegangen waren. Diese waren mittlerweile in der Masse der Marcies verschwunden. Unten angelangt waren wir ihnen ganz nah. Ein kleiner Graben, der leicht zu durchgehen war, trennte uns vom Boden, auf dem circa einige Hundert von ihnen entlang liefen.

Auf einmal kam wie aus dem Nichts ein Bild in mein Gehirn geschossen: Sie wandten sich uns alle zu und rissen ihre bisher kleinen, kaum sichtbaren Münder auf, die zu großen Mäulern mit scharfkantigen Zähnen wurden. Sie kamen auf uns zu, um zu fressen – uns zu fressen! Bei lebendigem Leibe würden sie bald anfangen, erst unsere fleischigen Waden, dann die Oberschenkel und dann den gesamten anderen Körper aufzufressen.

In diesem Augenblick stach mich etwas von hinten in mein Gesäß. Es war Dimitrie, der nun auch unten angekommen aber ausgerutscht war und mir mit seinen Fuß einen Tritt in meinen Allerwertesten versetzt hatte. „Aua, du Idiot – Pass doch auf, du russischer Dummbatz!"
„Verzeiht mir, eure Lordschaft." Er stand dann neben mir, kurz seinen Raumanzug überprüfend. „Mir ist die ganze Sache nicht geheuer. Wir sollten Kontakt mit der Basis aufnehmen.

Oder . . . mach einige Aufnahmen mit dem Video." Genau das machte ich auch. Für etwa dreißig Sekunden hielt ich die Kamera meiner Armmanschette in Richtung der vielen Marcies, die immer noch unbeeindruckt von unserer Anwesenheit an uns vorbei gingen. Ich überprüfte die Auf-

nahme auf dem Display und speicherte sie im Hauptcomputer. „Sehr gut Herr Kollege. Die Aufnahme ist im Kasten."
„Und nun?"

„Ich weiß auch nicht so recht." „Es scheint, als wenn sie mit uns keinen Kontakt haben möchten." „Wir aber auch nicht mit ihnen. Also los, halten wir mal so ein kleines Männlein an und stellen uns vor." „Er wird uns nicht hören können. Er hat keinen Helm mit Semicom oder Intercom auf dem runden Kopf." „Du hast mal wieder Recht. Also gehe jetzt zu ihnen rüber, und ich werde einfach mal am Rande der Massen mich in Richtung . . ." ich schaute auf mein Navi, „. . . Norden bewegen."
Einen kleinen Außenlautsprecher, mit dessen Hilfe wir uns den Marcies hätten mitteilen können, hatten die Raumfahrt Ingenieure nicht mit eingebaut in unsere Raumanzüge. Weil sie annahmen – wie ich erwähnte – dass wir uns mit anderen Lebewesen nicht unterhalten würden. Schade aber auch.

Ich zeigte nach rechts. „Du kannst ja meinen Rückzug sichern." „Hastala-vista Baby!" waren die letzten Worte von Dimitrie, die ich hörte. Sehr lustig, dachte ich noch so bei mir.

006 Die Fußwegautobahn

Kaum war ich auf dem großen Gehweg angekommen, als ich von einer Kraft getragen wurde. Ich ging zwar mit meinen Beinen in die vorgesehene Richtung aber ich bewegte mich schneller, als meine Muskelkraft mich vorangebracht hätte.

Ich fühlte mich wie auf einer Rollbahn in einem großen Flughafen. Nur war keine Rollbahn oder ähnliches zu sehen. Ich schaute mich nach Dimitrie um und sah, dass er mindestens hundert Meter hinter mir stand. Ich war aber doch erst vor Sekunden auf diesem großen Weg. Ich machte einen Schritt nach rechts zurück in dem kleinen Graben und blieb sofort stehen.

Ich stolperte und fiel fast hin. Ich konnte mich aber noch mal fangen. Also hatte ich ein so großes Tempo drauf.

„Dimitrie los, komm` mir nach! Es ist ganz einfach. Du brauchst dich nur auf den Weg zu stellen. Sie tun dir nichts." Ich redete so von den Marcies, als wenn sie Hunde wären. Aber so waren meine Gefühle und inneren Bilder nun mal. Hoffentlich beißen sie mich nicht, wenn sie mich sehen. Kaum hatte sich Dimitrie auf den großen Weg gestellt und drei oder vier Schritte gemacht, war er schon bei mir.

„Ich glaube, sie haben schon gesehen, dass wir da sind. Einige von ihnen schauen kurz auf und setzen ihren Weg fort, als wenn wir Luft wären. Ich nehme an, sie haben kein Interesse an uns. Wir scheinen ihnen völlig egal zu sein. Na gut, besser so, als wenn sie uns fesseln und uns zu ihrem Häuptling bringen."

„Typisch Dimitrie. Wo lebst du denn? Wir sind hier auf dem Mars und nicht im Dschungel. Das hast du wohl vergessen. Komm, wir stellen uns gemeinsam auf diese Fußwegautobahn und schauen, wohin sie uns führt."

Erst sehr viel später verstand ich, warum man uns vier für diese Reise aus der Vielzahl der Bewerber ausgesucht hatte. Immer, wenn einer von uns beiden etwas vorschlug, wollte der andere Part das Gegenteil. Das schöne war, dass wir jedoch immer wieder einen Kompromiss erzielten.

Jetzt war es jedenfalls so. Ich wollte weiter – mein Kollege aber nicht. Erst, als ich zum x-ten Mal versucht hatte, mit der restlichen Bodencrew Kontakt aufzunehmen und da diese Versuche nicht glückten, willigte Dimitrie zur Fortsetzung unserer Erkundung mit Hilfe dieses wundersamen Weges ein. Wir stellten uns zu den Marcies auf den Weg und marschierten los. Und wir kamen gut voran. Die Hallenwände zogen stetig und zügig an uns vorbei.

Da wir uns am Rand befanden, brauchten wir niemandem auszuweichen und wir wurden von keinem der Marcies überholt. Ab und zu verließ einer den Weg und durchschritt den kleinen Graben und wackelte auf die Hallenwand zu, die in etwa dreißig Meter Entfernung steil in die Höhe ragte. Es gab Wege, die langsam - will sagen flachanstiegen. Dort hinauf gingen sie und verschwanden bald in einer Art Tür oder Torbogen.

Auch sahen wir immer mehr kleinere und größere Räume rechts neben dem Weg auftauchen. In diesen Räumen wimmelte es nun wirklich von Marcies. Ich meinte sie essen zu sehen. Die Anzahl von ihnen auf unserem Fußweg nahm proportional zur Anzahl dieser Räume ab. Ich will sagen, es waren kaum noch welche von diesen Leuten auf dem Fußweg – Highway.

„Komm wir schauen uns das ganze Mal aus der Nähe an."

007 Das Quatsy-Quatsy-Gemüse

Wir verließen diesen breiten Weg und merkten jetzt, wie wenig wir an Muskelkraft aufgewendet hatten um voranzukommen. Wir waren weit weg von unserem Ausgangspunkt, an dem wir diese Fußwegautobahn „bestiegen" hatten. 3,4 Kilometer zeigte das Display an. Wir hatten diese Strecke in nur elf Minuten zurückgelegt.

„Hey Dimitrie, stell die Außenmikrophone ein. Vielleicht wollen die mit uns reden oder wir können zumindest hören was die so von sich geben."

„Wenn sie überhaupt so etwas wie Sprache kennen", antwortete er mir. Ja, das war wohl wahr. Während der gesamten Benutzung des Fußweges hatten wir die Marcies beobachtet und keine großartigen Regungen von ihnen festgestellt. Jeder schien für sich alleine spazieren zu gehen.

Dies sollte sich nun ändern. Wir betraten einen der Räume oder Hallen die abseits des großen Weges lagen. Wir blieben gleich hinter dem Bogen, der als Eingang diente, an der Seite stehen. Die Halle war etwa dreihundert Quadratmeter groß, und an den Seiten waren so etwas wie Stände oder Buden aufgebaut. Vor diesen Ständen drängten sich viele Marcies.

Dahinter standen nur wenige. Ein Teil dieser vielleicht Einhundert bearbeiteten irgendetwas Rundes, das aussah wie Sellerie aber größer war, etwa so groß wie ein Basketball. Ich sah genau hin, denn gleich zu meiner rechten Seite war so eine Bude aufgebaut. Sie umrandeten ja den gesamten Raum. Ich sah kein Messer oder irgendein anderes Hilfsmittel. Aber dieses runde Etwas wurde in Scheiben und diese wiederum in Stifte geteilt.
Ich betone geteilt. Ich sah kein Messer, das schnitt, oder eine Säge, die zersägte. Sie nahmen ihre bloßen Hände, die etwas oberhalb über ihrem Körper traten. Wenn ich jetzt so erzähle, kann ich es immer noch kaum

glauben, aber ihre Hände verformten sich und verrichteten so ihre Arbeit. Also, diese Stäbe wurden dann für eine oder zwei Minuten auf eine metallisch aussehende Platte gelegt, ein wenig gewendet und dann den gierig wartenden überreicht.

Ja, mir schien, ich könnte da so etwas wie Gier aus der Körpersprache herauslesen. Diese steckten diese Stäbe in die Mitte ihres Kopfes. Es öffnete sich ein Loch, vielleicht ein Mund. Also zumindest war eine Öffnung zu sehen. Sie sogen die Stäbe schnell ein. Schwups - weg waren sie.

„Kollege hör` zu. Ich werde dies filmen. Dimitrie und Christos werden dies auch sehen wollen", sagte ich zu Dimitrie.

„Bestimmt, wir sollten alles dokumentieren. Schließlich begegnet uns Menschen so ein Haufen nicht alle Tage, gell", erwiderte ich. „Gell"? wiederholte Dimitrie und schaute mich mit zugekniffenen Augen sehr fragend an. Er kannte diesen Süddeutschen Ausdruck nicht.

Doch dann drehte er wieder seinen Kopf und schaute wie gebannt dieses Schauspiel an. Es waren geschätzte dreihundert oder vierhundert der Marsbewohner in diesem Raum, der übrigens auch sehr hoch war. Ich schickte später einen Vermessungsstrahl nach oben, und das Ergebnis waren über fünfzig Meter. „Ja Herr Kollege", antwortete mir Dimitrie, „nicht nur die beiden wird dies interessieren, sondern die Menschen auf der Erde wollen Beweise sehen, sonst glauben sie uns nicht.

Wie schon ein altes chinesisches Sprichwort sagt: ´Einmal sehen ist besser als hundertmal hören.` Nimm dies auf und stell die Kamera auf automatisch. So kann die genug Licht aufnehmen. Am besten nehmen wir uns gegenseitig auf." Das machten wir dann auch.

„Hörst du das auch?" fragte Dimitrie mich. „Dieses Geschnatter und Gepiepse und Gegluckse. Was sagen die da bloß. Wir werden das an Bord
des Shuttles auswerten. Jetzt gibt es das Comprogramm nicht her. Dies ist
ja keine Sprache der Erde."
„Wenn es überhaupt eine Sprache ist", meinte ich. „Vielleicht können sie
gar nicht mit einander reden. Wie heißt wohl dieses Zeug, dass sie essen?
Ist es Gemüse oder Fleisch oder ein Proteinmix aus pflanzlichen Proteinen
mit Salz und Gewürzen?

Wollen wir es nicht auch probieren?" „Bist du verrückt geworden?" Ich
sah Dimitris entgeisterte Augen durch das Glas unserer beiden Helme.
„Wenn du dich vergiftest? Was dann? Wie kriege ich dich hier heraus?
Denk doch mal ein bisschen nach, bevor du solche dummen Fragen stellst.
Du erwägst doch wohl nicht ernsthaft dieses Zeug zu essen?" Wir beide
waren mit den Nerven ziemlich herunter. Wir hatten im wahrsten Sinne
eine Berg- und Talfahrt hinter uns. Und nun das etwa dreihundertfache
Schmatzen der Marsbewohner, die irgendetwas in sich hinein saugten das
aussah wie etwas zu groß geratene Pommes frites.

So geschah es, dass mal ich und mal mein Kollege die Nerven verlor.
Zum Glück nicht wir beide zu gleich. Die Helme wagten wir nicht abzunehmen. Immer noch nicht – obwohl keine der Marcies irgendeinen Helm
auf hatten oder einen Raumanzug. Über ihre vermeintliche Haut trugen sie
aber ein Tuch, das aussah wie eine römische Toga.

Es lag sehr dicht am Körper und schloss fast den gesamten Teil desselben
ein. Oben war er frei. Der kleine Kopf war unbedeckt. Wie sollte ich also
hier das Zeug probieren, das sie unentwegt in sich hineinstopften. Ich
wollte etwas davon mit zum Shuttle nehmen, um es dort im Labor zu untersuchen. Ich stellte mich also brav neben einer der Medizinbälle und
wartete, bis ich dran war. Dimitrie protestierte sofort:

„Lass diesen Unsinn! Lass uns hier verschwinden. Willst du wohl jetzt nicht auch noch mit diesen Gnomen in Kontakt treten. Vielleicht wollen sie Geld oder deine Mastercard sehen."

Nun war ich der Mutigere von uns beiden. „Sei ruhig – wir werden sehen, was passiert. Wenn sie uns angreifen wollten, könnten sie dies schon lange getan haben." Doch Dimitrie verstand mich nicht: „Du Narr, vielleicht bewerten sie dein Handeln als Diebstahl - als Frevel - als Angriff auf sie! Wir sollten uns passiv verhalten. Komm zurück!"

Doch keine Macht der Welt konnte mich nun aufhalten. Kommunikation, dachte ich noch bei mir, die haben wir doch schon lange mit ihnen. Sie sehen uns und lassen uns in Ruhe. Sie haben begriffen, dass von uns keine Gefahr für sie ausgeht.

Ich stand in der Reihe und würde bald ebenso ein Stück Happa-happa bekommen. Nicht mehr lange, und ich war dran. Der Bewohner gab mir mit einer seiner Extremitäten, die mich an Entenfüße erinnerten, so einen Stab. Ich besah ihn mir kurz und führte einen ersten sensorischen Test durch. Er war violett glänzend und hatte die Konsistenz von Schmalzgebäck. Ich bedankte mich höflich und verneigte mich wie ein Japaner vor ihm und kehrte zu Dimitrie zurück, der wie angenagelt neben dem Torbogen stand.

„Na, siehst du, kleiner russischer Bär. Es geht doch. Auch hier auf dem roten Planeten ist Höflichkeit Trumpf."

Er schäumte fast vor Wut und Angst und Vorwürfen. Ich aber stellte mich im Bewusstsein des Triumpfes neben ihn. Ich kam mir vor wie Kolumbus, Amundsen, James Cook und Christian Fletcher, ganz zu schweigen von den Brüdern Gondolfie. Ich war der erste der mit Extraterrestrischen Kontakt aufgenommen hatte. Ich hatte von ihnen nachweisbar zu essen bekommen. Viktoria auf der ganzen Linie.

Ich öffnete die Ausentasche meines Anzuges und lies die große Pommes frites darin verschwinden. „Dimitrie verzeih mir bitte. Ich musste es tun. Was meinst du, hat das Zeug einen Namen?"

„Mir ist es egal, wie das Zeug heißt. Die Hauptsache, sie sieden uns nicht und fressen uns zum Frühstück. Aber wenn du meinst, kannst du sie ja fragen. ´Entschuldigen sie, liebe Leute, wie nennen sie ihre Nahrung, die sie gerade in sich hineinstopfen?"

Dimitrie wurde nun etwas ungehalten und forderte mich zum wiederholten Male zum Gehen auf. Unsere Nerven waren eben angespannt. Ich habe vergessen zu erwähnen, dass wir die Außenmikrophone eingeschaltet hatten. Denn nun geschah mal wieder etwas für uns Unfassbare an diesem Tag. Die Geräuschkulisse der Marcies veränderte sich. Aus dem undefinierbaren Geschnatter und Gepiepse in der Halle wurde so etwas ähnliches wie das leise aber stetig lauter werdende Geräusch einer Dampflokomotive.

Zuerst eben nur das Rauschen, dann aber unterbrochen – um wieder zu beginnen und so weiter fortzufahren. Tsch – Tsch – Tsch, kam es in die Hörmuscheln. Aber dann änderte sich das Geräusch in Ksch – Ksch – Ksch. Es war lauter und schneller und änderte sich erneut in Qwa – Qwa – Qwa.

Wir pressten uns an die Wand, denn sie drehten sich nun auf einmal wie auf Kommando alle zu uns herüber und brüllten uns an: „Quatsie – Quatsie!" Pause. Dann kamen sie einen Schritt auf uns zu und wieder: „Quatsie – Quatsie!" Und wir, Dimitrie und meine Wenigkeit. Ich ein Diplomphysiker mit der Lizenz zum Jetflugzeugflieger. Wir beide fielen in Ohnmacht. Aus. Schwarz. Bevor es schwarz wurde, sah ich sie noch alle einen dieser auberginefarbenen Pommes in die Höhe halten und ´Quatsie – Quatsie` rufen.

Dann wurde es Nacht.

008 Erwachen ohne Helm

Ich träumte wild. So wild von fleischfressenden Ungeheuern, von wilden Stammesriten, von endlosen Rutschpartien im Sand und nicht auf Kieselsteinen. Ich versank und rutschte gleichzeitig immer tiefer. Dimitrie rief meinen Namen und dann rief er Quatsie – Quatsie und stopfte mich voll mit dem Zeug, das ihm von einem knallgelben Marcie nachgereicht wurde. Ich wand mich und drehte mich abseits.

Und dann erwachte ich endlich aus diesem Alptraum.
„Lass mich in Ruhe!" schrie ich noch im Traum und öffnete dann die Augen. Ich lag auf dem Fußboden derselben Halle, in der wir die essenden Marsbewohner gesehen hatten und ich mir ein kleines Stück in meine Tasche gesteckt hatte.
Ich hob den Kopf und blickte nach vorn in die Halle. Sie war leer! Ich begann erst langsam wieder klar einen Gedanken zu denken. Zu sehr war das Vergangene noch präsent vor meinen Augen. Wo waren sie bloß alle hin?
Die Halle war vollkommen leer!
Sie hatten alles mitgenommen. Hatte ich eben gesagt, das die Halle leer war so ist dies nicht ganz richtig. Dimitrie lag neben mir. Auch er hatte keinen Helm mehr auf dem Kopf! Die Helme lagen ganz ordentlich zu unserer linken auf dem Fußboden.
„Dimitrie", rief ich, „wach auf! Sie sind weg und wir können die Gase atmen!" Er setzte seinen Oberkörper auf. „Puh, was ist passiert? Mir ist etwas schwindelig. Haben sie uns angegriffen? Wo sind alle hin? Keiner da?"
„Wir sind ohnmächtig geworden. Weißt du noch? ´Quatsie – Quatsie` haben sie gerufen, und dann sind sie alle auf uns zu gegangen. Mehr weiß ich nicht. Hast du den Helm abgenommen?" Er schaute mich an, als wenn er gerade dachte: ´Spinnst du! Ich deinen Helm? Ich bin nüchtern.`

„Nein nein! Ich war das nicht. Meinen Helm hat auch jemand abgenommen. Du warst es ja nicht. Also waren die das, diese merkwürdigen runden Medizinbälle." Er hatte recht. Diese wie zu groß geratenen. Medizinbälle hatten unsere beiden Helme abgedreht, vorher die Sauerstoffversorgung unterbrochen und uns dann hingelegt. „Wie lange liegen wir hier jetzt? Los Robert, schau nach. Ich kann nicht. Mir ist schlecht."

„Ja Sir es sind . . ." ich tippte auf der kleinen Tastatur auf der Manschette herum.

„Es sind – oder waren nach Abnahme des Helmes - äh circa vierzehn Minuten vergangen."

Ich führte eine erneute Analyse des umgebenden Gases durch. Die Stimme vom kleinen Lautsprecher neben dem Display sagte das gleiche wie bei der ersten Prüfung der Gaszusammensetzung. ´. . . für Humanoide positiv`. Das kleine grüne Lämpchen leuchtete, und ich holte nun zum ersten Mal tief Luft.

„Riecht gut. Ein wenig nach, ja wonach eigentlich . . .?" Ich schnupperte, „ . . . nach Kamille. Ja, es ist Kamile. Mild zwar, aber durchaus vorhanden. Was meinst, du großer Bär?"

Ich hatte vergessen zu erwähnen: Dimitrie war der größte von uns vieren. Er maß einen Meter und einundneunzig Zentimeter. „Ja, du hast recht. Irgendein Kraut, Kamille oder etwas Ähnliches. Ich steh jetzt auf. Kurz – wir nahmen unsere Helme unter den Arm und verließen die leere Halle. Übrigens waren die Hallen nicht verkleidet. Der rohe Fels war zu sehen. Wenn auch wunderbar glatt poliert.

Wir schauten aus dem kleinen Tor hinaus auf die Fußgängerautobahn. Zu unserem Erstaunen war die leer! Kein Marsbewohner war zu sehen. Wir gingen bis zum Graben, an dem dieser Fußweg begann. Alles leer, niemand war zu sehen. Soweit wir schauen konnten. Wir befanden uns fast an Ende des Fußweges, also praktisch in einer Sackgasse.

„Und nun? Haben sich alle verzogen? Verstehst du das?" Fragend schaute mich Dimitrie an. Ich habe auch keine Erklärung, dachte ich so bei mir. In diesem Augenblick polterte es aus Dimitrie heraus:
„Du hast also ebenfalls keinen blassen Schimmer von diesem Spektakel, das sie uns hier vorführen!" „Nein mein Gutster, ich bin genauso verblüfft wie du. Komm, lass uns wieder zurückgehen. Wir sollten bei Zeiten einen Weg heraus und zurück zum Shuttle finden."

Wir klemmten unsere Helme unter den Arm und gingen daher in die andere Richtung. Nun konnten wir genauer sehen, nachdem wir den automatischen Fußweg betreten hatten, dass der Untergrund vor uns sich in genau derselben Richtung bewegte wie wir.

Der Boden in einer Fläche von annähernd einem Quadratmeter um uns herum bewegte sich mit uns in die Richtung, aus der wir gekommen waren. Es sah aus, als wenn kleine Luftbläschen aus dem Boden stiegen. Ja, als wenn er kochte.
Es war wie auf einer der großen Rolltreppen auf einem Flughafen – hatte ich, glaub ich, schon erwähnt. Wir kamen schnell voran und passierten wieder die Hallen, an denen wir auf dem Hinweg entlang gekommen waren.
Die Hallen waren aber leer. Niemand war drinnen zu sehen.
„Merkwürdig, wo sind sie nur alle hin?" sagte in an Dimitrie gerichtet und nahm ihn bei der Hand, indem ich gleichzeitig die Bahn verlies.

„Ich habe Hunger, komm lass uns ein bisschen vom Quatsie – Quatsie essen. Vielleicht schmeckt es ja ganz gut." Ich holte es aus meiner Tasche hervor und brach es in zwei Teile. Eine gab ich meinem treuen Kumpel. Die andere Hälfte führte ich zum Mund und biss ein ganz klein wenig und sehr vorsichtig ab. Es schmeckte leicht süßlich. Die Konsistenz erinnerte

mich an geschmortes Rindfleisch. Vorher hatte ich natürlich gerochen, und es roch nach Gewürzen und frischen Tomaten.
Auch Dimitrie schmecke es. Er hatte seine anfängliche Skepsis bereits überwunden und fast das ganze Stück aufgegessen. „Na, du hast ja einen großen Appetit. Schmeckt es dir?"

„Mm, ja ganz gut." War seine Antwort. Es schmeckt wie ein Hühnersandwich. Nur ohne Brot." „Mir schmeckt es eher nach Gulasch." Wir schauten uns um. Und beide zeigten wir uns gegenseitig die Reste des essbaren Etwas.

„Schau einer, guck. Sie sehen beide gleich aus schmecken aber ganz unterschiedlich. Komm, wir tauschen." Ich gab ihm meines und er mir seines. Ich biss ab, und es schmeckte nach Gulasch.
„Dies hier", sagte er „schmeckt für mich immer noch nach Hühnersandwich. Wir sollten die Teile aufbewahren und im Labor untersuchen."
Und so machten wir es auch. Der Rest kam zurück in die Außentasche meines Anzugs.

009 Das Spiel

Wir gingen zurück auf den Fußweg und passierten den Punkt, an dem wir diesen Weg vor etwa zwei Stunden das erste Mal betreten hatten. Nur waren wir jetzt in genau der entgegengesetzten Richtung unterwegs.

Hier waren wir noch nicht vorbei gekommen. Obwohl sich niemand blicken ließ, fühlten wir uns beobachtet. Es konnte doch nicht sein, dass die Marcies uns einfach so gewähren ließen. Schließlich waren wir ja für sie außermarsianische Wesen. Wir waren doch für sie die Aliens! Nach einer halben Stunde auf diesem Weg und zurückgelegten vierunddreißig Kilometern verließen wir den Weg. Er war inzwischen kurvenreicher und enger geworden. Die Felswände waren näher an den Weg herangerückt, wenn ich das so sagen darf.

Ein großes Tor auf der linken Seite hatte unser Neugier geweckt. „Komm schon, Genosse Sisojew, das ist interessant. Das schauen wir uns näher an. Wir müssen alles im Bericht für den russischen Geheimdienst festhalten. Dieses Tor scheint ein wichtiger Aspekt für die revolutionäre Beurteilung der nationalen Umgestaltung des Mars zu werden."
Dimitrie schüttelte nur den Kopf.
„Nenn mich nicht Genosse, und den KGB und die Revolution gibt es schon lange nicht mehr. Hör auf so einen Blödsinn zu quatschen. Vergiss nicht, vielleicht hören die uns ja die ganze Zeit reden und wundern sich nur noch über dein dummes Gerede. Lass es lieber, wir wollen seriös bleiben."
„Jawohl Genosse", erwiderte ich. Ich war in einer euphorischen Laune. Das Gemüse, oder was es auch war, hatte mich gesättigt und mir richtig Kraft gegeben. Und da mir die Marcies bisher nicht ganz geheuer waren, war ich sehr froh darüber, keinen einzigen von ihnen zu sehen.

Aber dies änderte sich alsbald. Hinter dem Tor, welches unsere Neugier geweckt hatte, war ein Durchgang. Er hatte dieselbe Größe und mündete in eine riesige Halle. Wir gingen also durch das Tor in diese Halle und dies war wieder so Augenblick der Sprachlosigkeit für uns. Eigentlich war es alles viel zu viel für uns für einen Tag, den es zu erleben galt. Wir standen nun am Rand eines Stadions, das bis zum letzten Platz gefüllt von Marcies zu sein schien. Und zwar standen wir ganz oben am Tribünenrand. Ich schaute mich um. Wahrscheinlich war mir die Kinnlade herunter gefallen.

Ich weiß noch, dass ich kein Wort herausbrachte.

Ich sah noch mehrere andere Zugänge wie den unsrigen. Ich zählte nicht nach. Vielleicht waren es acht oder zehn. Die Massen unter uns wogten hin und her, und in der Mitte war ein Spielfeld, auf dem sich achtzehn Marcies befanden. Ich hatte sie erst später zusammengezählt, denn noch war ich zu fasziniert von dieser Halle. Sie waren verteilt auf dem Feld und standen sich gegenüber. Einer von ihnen hatte einen Quatsie – Quatsie, als Ganzes, Großes dicht vor seinem Körper und lief – na ja, er watschelte eher – auf die andere Seite des Spielfeldes zu.

Doch er wurde aufgehalten. Ein anderer stellte sich ihm in den Weg. Er tuschelte dem Halter des Gemüses irgendetwas Unverständliches entgegen.

Dieser gab irgendeine Antwort und wurde vorbei gelassen. Doch da kam schon ein anderer Spieler auf ihn zu, und das ganze begann von vorn. Nuscheln und wieder ein Entgegennuscheln und er watschelte weiter, das Gemüse fest zwischen seinen flachen Patschehändchen.

Doch nun kam ein Dritter auf ihn zu und stoppte ihn, brabbelte und der Inhaber des Gemüses zuckte mit den Händen, gluckste kurz und laut und übergab das große runde Gemüse seinem Gegenspieler. Dieser schnappte es sich und watschelte in genau die entgegengesetzte Richtung los. Ich verstand überhaupt nichts, denn während des gesamten Herganges wogten die Massen hin und her.

Doch als der Marcie mit einem kurzem „Gluck" das Gemüse an seinen Gegenspieler verlor, fingen die Zuschauer gerade zu toben an. Merkwürdiges gequake und Geschnatter begleitet von einen Gekichere und leichten Genieße war zu hören. Es war laut, aber nicht ohrenbetäubend. Ich tippte Dimitrie mit dem Ellenbogen an und fragte mal wieder leicht irritiert:

„Dimitrie, was ist das das schon wieder? Was ist das hier? Sind die alle bekloppt?" Seine Neugier war größer als mein wirrer Zustand.

„Ich will mir das näher ansehen", antwortete er mir. „Komm, wir setzen uns." Ich sah, wie sich einige der Zuschauer von ihren Sitzplätzen erhoben. Oder standen sie und hüpften nur in die Höhe? Schwer zu sagen bei dieser Leibesfülle. Jedenfalls waren einige größer als andere.

010 Die Regeln

Wir hatten uns ganz am oberen Ende der Treppe unterhalb der Hallendecke gesetzt, und ich sagte indem ich nach oben schaute: „Die Decke, wie schön sie ist. Ja, sie ist tatsächlich wunderbar gearbeitet."
Abfallend in feinen Abstufungen zur Mitte des Hallendaches war das Gestein entfernt worden. „Sie müssen Jahre gebraucht haben, oder was meinst du?", fragte Dimitrie.

Ich antwortete ohne nachzudenken – ach, was sage ich? Ich schaute mir die Decke an und sagte als wenn mir jemand die Worte auf die Zunge gelegt hätte:
„Sie haben genau drei Marstage gebraucht."
„Woher weißt du das?" kam die erstaunte Frage von meinem Kollegen. Er drehte dabei seinen Kopf zu mir und blinzelte mit seinen Augen. Ich war selbst völlig baff über meine Antwort und hielt mir mit der Hand den Mund zu, um hinter vorgehaltener Hand zu entgegnen: „Ich weiß nicht genau, woher ich es weiß. Mir kam es gerade so in den Kopf."

Nun schaute er mich mit einem skeptischen Gesichtsausdruck an, den ich nur selten von Dimitrie gesehen hatte. „Genau drei Tage? Da lachen doch die Hühner! Für so eine präzise Arbeit in der Größenordnung brauchst du mindestens sechs Monate, in Abhängigkeit von den Arbeitskräften die daran arbeiten, versteht sich. Schau dir das mal an. Du findest keinen Fehler in der Bearbeitung. Meinst du, diese Tollpatsche können mit Hammer und Meißel umgehen?"

„Nein, sie haben Maschinen diese Arbeit machen lassen." Antwortete ich erneut in einer Ruhe und Selbstsicherheit, die mich nun weniger in Erstaunen versetzte. Mir kam diese Antwort logisch vor. Dimitrie dagegen hielt mich für leicht überfordert. „Na, du bist ja ein toller Schlauberger.

Maschinen! Schon wieder so ein Lacher Ich habe hier in dieser Unterwelt nicht den Hauch einer Maschine gesehen. Noch nicht einmal ein Werkzeug oder so. Dann erklär mir doch mal die Spielregeln da unter bei den Klopsen?" „Ganz einfach", gab ich zum Besten:

„Zwei Teams treffen aufeinander. Ein Team bekommt den Quatsie. Es hat nun die Aufgabe, diesen bis zur gegenüberliegenden Seite des Spielfeldes zu bringen. Schafft es dies, darf es den Quatsie behalten. Das gegnerische Team kann in Besitz des Gemüses kommen, indem es Fragen an den Träger des Quatsie des anderen Teams stellt. Beantwortet er diese Fragen korrekt, kann er weiter gehen.

Kann er sie nicht beantworten, bekommt der Fragesteller das Gemüse überreicht und kann nun seinerseits versuchen, die andere Seite des Spielfeldes zu erreichen. Richtiges Antworten führt daher zum Gewinn des Quatsie-Gemüses und zum Versuch, für sein Team zum Erfolg zu kommen. Das ist alles." Ich war verblüfft über meine eigene Erklärung. Hatte ich doch soeben das Spiel erklärt, und zwar ganz plausibel. „Aha, das ist also alles!?" hörte ich Dimitrie sagen.

Er holte mich aus meinem wundersamen geistigen Zustand heraus, wenn auch nicht ganz. Ich saß da und schaute zu, was dort unten geschah. Gerade tappte ein Marcie mit dem Quatsie quer über das Feld, als er kurz vor der Linie von einem Gegner gestellt wurde. Gegurgel und Gemurmel vom Fragesteller, eine kurze Pause, dann eine Antwort. Sie schien richtig, denn er watschelte weiter und ließ den Fragesteller zurück.

Er erreichte das andere Ende des Spielfeldes und jubelte aus vollem – äh, na ja, Hals oder so.

Aber, er jubelte und ließ das Gemüse in einen großen Korb fallen und begab sich wieder auf das Feld. „Was geschieht jetzt?" wollte Dimitrie von mir wissen. „Es werden alle Spieler durchmischt, so entstehen neue

Teams. Ein neuer Quatsie kommt auf das Feld und einer der Marcies nimmt ihn auf und bewegt sich auf das andere Spielfeldende zu."

Ich schaute Dimitrie an und er mich. Ich konnte ahnen, was er mich gleich fragen würde, und beantwortete ihm seine Frage, ohne dass er sie gestellt hatte: „Ich weiß es eben. Schau doch was passiert." Er drehte den Kopf, ohne seinen verwunderten Blick von mir zu nehmen. Ich zeigte mit dem Finger auf das Spielfeld. „Da schau doch, na los. Da spielt die Musik." Es geschah so, wie ich es vorausgesagt hatte.

Sie hüpften alle durcheinander, nach einigen Augenblicken des Hüpfens blieben sie stehen und ein Quatsie wurde auf einem Teewagen herein gerollt. Und ein Marcie schnappte sich diesen und watschelte los. Nicht lange, und ein Gegenspieler stellte sich ihm in den Weg und bequatschte ihn mit einer Frage. Der befragte zuckte mit den Achseln und übergab ihm den Quatsie. „Was hat er ihn wohl gefragt?" murmelte ich so ein wenig gedankenverloren vor mich hin.
„Wie alt seine Großmutter ist", antwortete mir Dimitrie prompt.
„Was, wie?"
„Ja, wie alt ist deine Großmutter?" wiederholte Dimitrie.
„Und das wusste er nicht?"
„Nein, das wusste er nicht."
„Seit wann verstehst du die Sprache dieser Klopse?"
„Ich verstehe sie nicht, aber es ist doch klar", beantwortete Dimitrie meine Frage. „Und übrigens", fuhr er fort, „sind dies keine Klopse sondern Routsy. Sie nennen sich Routsy."

011 Fliegende Gedanken

„Dimitrie! Wieso weißt du das? Und woher weißt du das? Und woher weiß ich das mit den Regeln?"

„Ich weiß nicht recht, bei mir kamen die Gedanken einfach so in den Kopf. Wie Gedanken, die fliegen können. Ja, ich kann es so sagen. Mir kamen die Gedanken in den Kopf, und ich wusste, dass sie richtig waren, und habe sie gleich ausgesprochen."

„Kollege, so erging es mir auch", sagte ich gleichzeitig, das, was Dimitrie mir gerade erklärt hatte, im Kopf nachprüfend. Als die Gedanken da waren, habe auch ich sie gleich ausgesprochen. Ohne jeden Zweifel an diesen Gedanken. „Also hör mir zu! Es war doch so, dass du mich zuerst gefragt hast und ich sofort die Antwort hatte. Und genauso umgekehrt. Ich fragte dich nach den Regeln, und du hast sie gewusst. Jedenfalls erscheint es ganz plausibel, was du geantwortet hast."

Er nickte nur und ließ gedankenverloren seinen Blick über die Gegentribüne schweifen. Und ich schaute auf den Fußboden. Es gab so vieles, das wir uns nicht erklären konnten. Einmal waren wir schon in Ohnmacht gefallen. Vor lauter Überraschung und wahrscheinlich auch aus Angst.

Dieses Kapitel hatten wir bereits durchlebt auf dem Mars. Die Helme hatten wir auf den Schoß gelegt und sahen dem Treiben auf dem Feld zu. Das Quatsiegemüse wechselte immer wieder die Besitzer. Es schien, als wenn diese Marcies ziemlich dumm waren. Die Zuschauer interessierten sich auch hier nicht für uns. Fast so, als wenn wir Luft wären.

Wir saßen auf der Treppe, da keine anderen Sitzplätze frei waren. Irgendwann durchbrach ich unser Schweigen:

„Was Dimitrie? Oder wie und warum?"

„Was, wie und warum? Konkretisiere deine Frage!"

Ich war verwirrt, aber ich fragte trotzdem denn mir schoss eine kleine griechische Weisheit durch den Kopf.

´Unwissend zu sein und zu fragen, mag eine momentane Schande sein. Unwissend zu sein und nicht zu fragen, ist eine Schande fürs Leben.

Ich glaube, sie ist von Sokrates oder Plato. Während meiner Studienzeit fuhr ich jeden Morgen an einer großen Fabrik vorbei, an der draußen an einem Gebäude gut leserlich dieser Spruch stand. Werde konkret, dachte ich. „Also gut Dimitrie:

Erstens, was sind diese Marsbewohner?

Zweitens, was machen sie hier auf dem Mars?

Drittens, wie kommen sie hierher?

Viertens, warum dieses komische Spiel?

Fünftens, wieso Routsy?

Sechstens, wovon ernähren sie sich genau?

Siebtens, trinken sie Wasser?

Achtens, warum leben sie unter der Marsoberfläche?

Neuntens, warum sind sie rund?

Zehntens, wie pflanzen sie sich fort?

Elftens, wie sind sie organisiert?

Zwölftens, gibt es einen Staat?

Dimitrie, ich weiß nicht, was ich noch alles wissen möchte. Es gibt so viel zu fragen, und ich bin so verwirrt."

Und er überlegte nicht lange, sondern antwortete:

„Eins.

Die Marsbewohner setzen sich aus chemischen Verbindungen ähnlich denen der Menschen zusammen. Sie haben keinen Knochenbau und sind daher formbar.

Zwei.

Sie leben auf dem Mars, weil es ihnen gefällt.

Drei.

Sie kamen vor einigen Marsschlacks mit einer sehr großen Dringsda aus einem fernen Sonnensystem zum Mars.

Vier.

Das Spiel macht einfach Freude.

Fünf.

Routsy bedeutet in Sprache der Marsbewohner ´Lebewesen´.

Sechs.

Sie ernähren sich ausschließlich von Quatsie – Quatsie. Es enthält alles, was ihr Organismus braucht.

Sieben.

Wasser brauchen sie nicht. Es ist im Quatsie – Quatsie enthalten.

Acht.

Sie leben unter der Marsoberfläche, weil es hier kein Wetter gibt und daher eine konstante Temperatur vorherrscht.

Neun.

Ihr Leib ist rund, weil rund schön ist.

Zehn.

Sie pflanzen sich durch die Weitergabe von DNA fort, ähnlich wie die Lebewesen auf der Erde – jedoch ohne Emotionen.

Elf.

Organisiert sind die Routsy nicht.

Zwölf.

Einen Staat brauchen sie daher nicht.“

Hier beendete Dimitrie seine Antworten an mich.

Pause.

Und nach der Pause wieder eine Pause. Also eine lange Pause, in der wir kein Wort mit einander wechselten. Ich weiß nicht, wie viel Zeit verstrich.

Waren es einige Minuten oder sogar Stunden? Ich saß so da und schaute auf das Spielfeld.

Meine Gedanken jedoch waren weit weg. Mir wurde klar, dass diese Fragen beantwortet waren, ihre kurzen Antworten aber noch viele andere Fragen nach sich zogen. Ich wünschte mir, wieder auf der Erde zu sein.
In meinem Wohnzimmer zu sitzen und eine Tasse heißen Kaffee zu trinken. Warum hatte ich mich nur damals gemeldet, als sie geeignete Leute für diese Mission suchten? Ich war so verblüfft über die Antworten von Dimitrie, dass mir die Kinnlade wohl fast auf der Brust hing, wenn ich sie überhaupt wahrnahm. Als ich merkte das der Speichel aus meinem offenen Mund ran, wurde ich wieder ganz langsam in die Gegenwart zurückgeholt. Ich übertreibe jetzt ein wenig. Aber ich war baff.

Und mein Herr Kollege Kosmonaut ebenso. War es Telepathie? Und wenn ja, von wem zu uns? Von ihrem Guru oder Präsidenten vielleicht? Ach nein, sie kannten ja keinen Staat oder irgendeine Organisation. Demnach stellten wir gezielte Fragen, und diese wurden uns von fliegenden Gedanken beantwortet. Vielleicht – oder, ganz sicher?

012 Diplomatie

Wir schwiegen sehr lange. Ich hatte die Antworten gehört. Sie waren in meinem Kopf. `Aha, ` dachte ich, ´so ist das also. Na prima dann weiß ich ja Bescheid! ` Die nächsten Fragen taten sich auf. Was ist ein Dringsda? Aus welchem Sternensystem kamen sie auf den Mars? Sie hätten auch weiterfahren können – oder ging ihnen der Sprit aus? Aber vielleicht stammten sie vom Mars und kamen gar nicht von einem anderen Sonnensystem? Ich hatte keine Fragen mehr.

Ich wollte nur meine Ruhe. Das Spiel vor mir war weit weit weg. Ich hatte mich in mir selbst eingeschlossen. Dimitrie, das Shuttle, der Mars und die Erde, die Fußballbundesliga hatte ich schon fast ganz vergessen. Meine Frau und die Kinder, wünschte ich, könnten jetzt hier sein, und das alles sehen.
Es gab noch keinen Linienverkehr zwischen der Erde und dem Mars. So war das also. Eine dem Menschen völlig unbekannte Zivilisation auf einem ihrer Nachbarplaneten.
Wir schauten immer noch und keiner sagte ein Wort. Mir kam das Lied von Simon and Garfunkel in den Sinn: „I´ve come to look for America. Stayin´ on the bus. Playing games with the faces. I said be careful his bowtie is really a camera."
"He Kumpel . . ." hörte ich Dimitrie sagen. „Wie steht es? Gewinnt Moskau oder Sankt Petersburg?" Er meinte aber nicht mich.
Er sprach mit dem Marcie der neben ihm etwas erhöht auf der Sitzbank saß.
„Lass das!" Nun war ich wieder an der Reihe der Angsthase zu sein. „Lass sie in Ruhe, bitte." Aber Dimitrie hörte mir nicht zu.
„He Kumpel wie steht es? Wer gewinnt?" Der angesprochene Marcie drehte seinen Körper zu uns und sein kleiner Mund verzog sich zu einem

Lächeln oder so. Die beiden Augen waren groß und schienen mir blöde bis dumm aus der Wäsche zu gucken.

Die Ärmchen machten eine kurze Bewegung nach oben und wieder runter. So als wenn er mit den Achseln zucken wollte und zum Ausdruck damit brachte: ´Ich weiß es nicht, ist auch völlig unwichtig. ` Er drehte sich wieder dem Spielfeld zu und fing an zu kichern und zu glucksen. Dann trat wieder diese leichte Apathie zwischen uns ein. Wieder war etwas passiert das wir verarbeiten mussten. Heinz Rühmann kam mir in den Sinn: ´Hübsch – Hässlich´ hätte er gesagt.

Hübsch – Hässlich seht ihr aus ihr Marsbewohner. Es vergingen wieder einige Minuten als der Groschen bei mir langsam, ganz langsam fiel. Er fiel so langsam, das ich nicht mitbekam wie viel Zeit verging.

Denn erst jetzt wurde mir die Tragweite dessen bewusst was gerade geschehen war. Als ich das Quatsiegemüse erhalten hatte, hatte ich eine Kommunikation auf der körperlichen Ebene aufgenommen da ich mich einfach angestellt und den großen Pommes in Empfang genommen hatte.

Aber nun war eine Kommunikation auf geistiger Ebene entstanden, und zwar in direkter Form. Frage, Antwort und dazwischen Stufen des gegenseitigen Verstehens. Der erste Satz den ein Mensch an einen Marcie gestellt hatte war eine Frage nach dem Zwischenstand eines Spieles.

Nichts spektakuläres, keine große diplomatische Note oder irgendeine andere Erklärung, etwa wer wir sind oder was wir hier wollen. Hätte er geantwortet ´Fünf zu drei´ hätte ich es so hingenommen. Dimitrie hätte wahrscheinlich gefragt wann denn Halbzeit ist und ob sie auch etwas zu essen und ein Bier in der Pause verkaufen.

Aber so sagte er nur etwas erschöpft: „Ich brauche eine Pause. Das ist hier heute genug für mich. Lass uns gehen und den Weg zum Shuttle suchen. Wir müssen den anderen Bericht erstatten über den ganzen Salat hier. Wenn in der Pause Cheerleader auftreten, drehe ich noch durch.“

„Kumpel du hast recht, " erwiderte ich, „. . . . lass uns nach Las Vegas die Sonne putzen gehen." Ich zitierte hier den Text aus einem Lied von einem deutschen Rockmusiker. Denn auch ich war müde und wollte zurück. Das Zitieren von Texten gab meinem Geist immer wieder Halt und Orientierung. Aber das Zitat interessierte weder einen der Marcie noch Dimitrie.

So nahmen wir die Helme und verließen das Stadion. Keiner kümmerte sich um uns. Das war auch besser so. Denn wir hatten genug erlebt für einen Ausflug auf dem Mars.

Wirklich genug.

013 Zurück zum Shuttle (Zurück zum Wigwam)

Und folglich gingen wir hinaus in den Gang den wir gekommen waren. Müde und erschöpft waren wir, und wussten noch nicht wie wir zurück zu unserem MAM kommen sollten. Schade, dachte ich, die Marsbewohner hätte ich gerne gesehen wie sie zu hunderten das große Stadion verließen.

Es musste lustig aussehen. Was mir gerade einfällt, ist das ich noch gar nicht erzählt habe wie wir unter der Marsoberfläche sehen konnten denn wir waren ja von dem Sonnenlicht isoliert. Sicher, wir hatten unsere Lampen am Helm und an beiden Armmanschetten installiert. Doch diese waren zu klein und viel zu schwach um das weitverzweigte Höhlensystem unter Tage zu erleuchten.
Das Licht hier unten kam von den Wänden und der Decke und von pflanzenartigen Stengeln an den Rändern der Halle. Ja, die Wände selber leuchteten. Die gaben so viel Licht, so dass wir genug sehen konnten. Und da standen noch diese Stängel. Sie waren an einigen Rändern am Wegesrand verteilt und gaben nach oben wie nach unten ihr Licht ab.
Diese gaben nach oben Licht ab. Sie strahlten ihr Licht gegen die Decke. So erschien es uns jedenfalls. Auch die Wände und die Decke waren fluoreszierenden in unterschiedlicher Breite durchzogenen Linien versetzt. Von der Form wie Öl auf einem See. Aber eben nur der Form nach. Die Lichtabgabe war herrlich anzusehen. Von weiß bis dunkel Violett mit einem Schimmer Rot war die Farbpalette verteilt.

Ich erzähle dies nur am Rande da wir auf dem Rückweg uns wissenschaftlich nicht damit beschäftigten. Dies kam erst später. Jetzt war es erst mal wichtiger zurück zum Shuttle zu gelangen.
„Ich weiß nicht welchen Weg wir nehmen sollen – diesen oder jenen." Stellte ich fest als wir wieder zur Fußwegautobahn gekommen waren.

„Wir haben zwei Möglichkeiten", fing Dimitrie an, „ . . . entweder nach links ins ungewisse oder nach rechts zu unserem Ausgangspunkt. Der Punkt an dem wir durch die Decke gekracht sind. Vielleicht gibt es dort doch einen gesicherten Weg nach oben, ohne das uns die Decke auf den Kopf knallt. Wieso kennst du denn den Weg nicht?"

„Weil du mich noch nicht gefragt hast", antwortete ich prompt. Wir schauten uns an. Und unsere Blicke sprachen Bände. Es ging also weiter so.

Die fliegenden Gedanken oder war es Telepathie? Es war uns egal.

„Na sag schon, wo kommen wir wieder an die Marsoberfläche?" fragte mich Dimitrie. „Wir müssen nach links", sagte ich. Doch bevor wir diesen Weg eingeschlagen hatten schoss es mir durch den Kopf. Möglich das dies der richtige Weg war.

Jedoch wollten wir nicht zu irgendeinem Ort an der Oberfläche, sondern zu unserem Marsautomobil um von dort zum Shuttle zu gelangen. Also nicht fernab von MAM. Die FWAB (Fußwegautobahn) konnte uns unter Tage sehr schnell weit weg bringen. Zurück an der Oberfläche hätten wir den ganzen Weg dann ohne Hilfe also ganz auf unsere Füße gestellt zurücklegen müssen. „Warte mal", ich hielt ihn fest. Vielleicht nach oben ja, aber wir wollen zum MAM. Frag mich mal ob es beim Standpunkt des MAM einen Weg nach oben gibt! " „Frag doch selbst!" kam die leicht gereizte Antwort von Dimitrie.

„Dimitrie, gibt's beim MAM einen Weg an die Marsoberfläche?" konterte ich sofort. Ich wollte dieses Wissen ausnutzen. „Ja."

„Ist der Aufstieg leicht zu bewerkstelligen?"   „Ja."

„Wo müssen wir entlang gehen? Links oder rechts?"   „Rechts."

„Na dann los", sagte ich zum leicht abwesend erscheinenden Kollegen, der mich leicht verdutzt ansah ob seiner prompten Antworten. So als wenn er es selbst nicht verstehen konnte, dass er so schnell antwortete. Wir bestiegen den Weg, und in kürze waren wir am Anfangsort unserer Aben-

teuer angekommen. Wir durchschritten den Tunnel bis wir unseren Kiesberg erreicht hatten. Den großen Felsbrocken konnte ich immer noch oben
sehen.

Den Kiesberg nach oben kraxeln konnten wir nicht. Wir wären immer
wieder weggerutscht. Und außerdem stand noch sehr bedrohlich der Felsbrocken oben auf der Kante. Er hatte sich nicht bewegt – noch nicht. Ich
hoffte dass es noch einen anderen Weg zu unserem MAM gäbe.

„Kollege wo ist der Weg nach oben?" „Da." Dimitrie zeigte auf einen
Punkt etwa dreißig Meter vom Kieshaufen entfernt. „Kannst du voran
gehen?"

„Ja", und schon ging er los. Er kam mir ein wenig wie ein Roboter vor.
Ich fragte und er antwortete wahrheitsgemäß. Ich ging hinter her. „Ist die
Atmosphäre auf dem Mars für uns akzeptabel?" „Nein", sagte Dimitrie.
Also schaltete ich die Prüfung der Gaszusammensetzung ein.

Jede Minute würde das uns umgebende Gas überprüft und mir optisch am
Display der Manschette mitgeteilt. Ich fragte Dimitrie ab und zu ob wir
noch atmen könnten.

Und jedes Mal sagte er: „Ja, na klar."

Dann wurde es mir zu blöde und ich fragte ihn ob er sich bei mir melden
könnte und mir Bescheid gäbe, wann wir die Helme aufsetzen müssten.

„Ja das mach ich", war seine Antwort. Aber die Überprüfung ließ ich weiter durch den Computer wahrnehmen. Dies war zwar energieintensiv, aber
ich wollte kein Risiko eingehen. Dann kurz bevor der Weg zu Ende war
und uns an die Oberfläche des Mars brachte sagte Dimitrie:

„Gut, wir sollten den Helm aufsetzen."

Gut, dachte ich und wir taten so wie er es Vorschlug. Kaum war ich zwei
Schritte mit dem Helm gegangen, blinzelte das rote Licht auf dem Display
und die freundliche Frauenstimme meldete sich in meinem Kopfhörer.
´Atmosphäre instabil. Gaszusammensetzung für Humanoide negativ. Ich
wiederhole Gase toxisch.` Ich schaltete die Überprüfung ab. Wir hatten ja
die Helme aufgesetzt, und wurden mit Sauerstoff aus unserem mitge-

brachten Vorrat versorgt. Der Ausgang zur Oberfläche befand sich ganz in der Nähe unseres MAM.

Als wir dann vor dem Auto standen, war alles so wie wir es verlassen hatten bevor uns der Boden unter den Füßen wegbrach. Wir rollten das Auto rückwärts vom Kraterrand weg. Dann fuhren wir zurück. Die anderen würden staunen, dachten wir.

014 Das Heimkino

Die anderen staunten wirklich nicht schlecht als sie uns sahen. Schließlich hatten sie verschiedentlich versucht uns per Funk zu erreichen. Wir hatten uns ja nicht melden können.

„Wo wart ihr? Wir haben uns große Sorgen gemacht!" Etwas Vorwurfsvoll klang seine Stimme. Stimmt. Wir hätten uns nach Erreichen des MAM melden können. Aber daran hatten wir nicht gedacht. So mussten wir uns viele Fragen anhören und auch erleichterte Gesichter ansehen.

„Ihr werdet jedoch kaum glauben wo wir den ganzen Tag waren." Wollte Dimitrie den Bericht für Christos und Sergej beginnen. „Das kannst du später erzählen", unterbrach ihn Christos.

„Ich habe eine große Entdeckung gemacht." fuhr er weiter, „Ihr zwei werdet es nicht glauben, was passiert ist als ich losgelaufen bin euch zu suchen!"
„Auch wir haben euch – ach was sage ich – der ganzen Welt, haben wir eine Sensation mitgebracht. Etwas wirklich Sensationelles ist uns passiert. Ich erzähle es euch gleich."
„Nein, nein das kann warten", unterbrach mich Sergej. „. . . Christos hat einige Videoaufnahmen von etwas gemacht das unsere Planung für den Mars völlig auf den Kopf stellen wird."
So ging es einige Augenblicke hin und her bis es aus Christos noch bevor er das Video startete herausplatzte:
„Wir sind nicht alleine hier auf dem Planeten. Es gibt noch andere Lebewesen! Wir haben Kontakt aufgenommen!" Ich schaute ihn mitleidsvoll an und entgegnete nur: „Aber das wissen wir doch bereits. Das ist doch kalter Kaffee. Du bist ihnen auch begegnet?"

„Ja kleine runde Dinger zirka einen Meter vierzig groß." Zusammenge-
fasst war Chris folgendes bei der Suche nach uns verschollenen passiert.
Er war unserer Auto spur drei Kilometer gefolgt,
„. . . und nach drei Kilometern war ich einen Abhang hinunter gelaufen
um eine Bodenprobe aus einem kleinen Tal zu nehmen. Ich war unten
angekommen und blickte mich um als ich in der Felswand eine halbrunde
Öffnung sah. Nichts Besonderes. Doch ich traute meinen Augen nicht.

Es hatte sich etwas bewegt und als ich meinen ganzen Mut zusammen-
nahm und in diese Öffnung eintrat, sah ich ein Lebewesen in einem Torbogen verschwinden. Ich habe alles mit der Kamera aufgezeichnet."
„Na gut, schauen wir uns mal deinen Film an. Mal sehen was das ist."
Sagte ich leicht gönnerhaft und mit einem snobistischen Tonfall. Ich dachte so bei mir: ´Wenn die wüssten das ich hier in meiner Tasche ein Teil
vom Quatsiegemüse habe und das sich Dimitrie bereits mit ihnen über
Spielergebnisse unterhalten hatte´.

Ja, es war ein Marsbewohner, so wie wir ihnen auch begegnet waren.
Chris zeigte uns seine Aufzeichnungen und kommentierte sie: „Ich war
ihm gefolgt und bis etwa vierhundert Meter in das Höhlenlabyrinth hinein.
Dann war mir die ganze Sache unheimlich vorgekommen. Denn ich war
doch alleine und ich kannte die Umgebung nicht. Es hätte doch ein Hin-
terhalt sein können. Ich war ziemlich erstaunt über dieses Wesen das vor
mir her wattschellte.
Und schließlich war mir der Sicherheitsaspekt wichtiger und ich bin umgekehrt." Was nun folgte war Reden und nochmals Reden. Wir zeigten
unsere Aufzeichnungen und unsere Messergebnisse.

Wir redeten und sprachen und waren überzeugt, dass wir etwas unglaubliches Erfahren hatten. Wir tranken Kaffee und aßen etwas. Ich glaube Ku-
chen oder irgendwelche Schnittchen mit den Cremes drauf die einen unde-

finierbaren Geschmack hatten. Mir fiel dann auch das Quatsiegemüse wieder ein und ich holte es aus meiner Tasche heraus.

„Das ist ja interessant", Sergej brach ein ganz kleines Stück als Probe für die chemischen Analysen ab und ging damit in das kleine Labor unseres Shuttles. „Kinder, das müssen wir feiern. Ich geb einen aus. Ich habe für solche Anlässe noch einen guten Schluck Metaxa zurückbehalten." Schnell hatte Chris vier Gläser auf den Tisch gezaubert und sie mit dem Weinbrand gefüllt. „Sergej, komm lass uns anstoßen." Er ließ sich nicht lange bitten und so prosteten wir uns zu.
„Auf den schönsten Irrtum der Menschheit. Es gibt kein außerirdisches Leben im ganzen Universum! Weißt du noch Dimitrie, wie der Direktor der Raumfahrtbehörde uns sagte es wäre die größte Sensation seit dem betreten des Mondes wenn wir auf dem Mars niedere Lebewesen in Form von Bakterien oder gar Pflanzen wie Moose finden würden. Nun wir haben noch viel Besseres gefunden. Nastrowje!" Es war die schönste Männerrunde die ich je erlebt hatte. Und ich darf sagen dass ich so manches Glas getrunken habe.

Manchmal ist das positiv fassbare im Leben nur durch Verdrängung zu bewältigen. Ich glaube, ich habe erst bei unserem Abflug vom Mars, also auf der Rückreise begriffen was hier – also dort überhaupt geschehen war.

Bis zu diesem Rückflug kam ich mir vor in einem Traum. Alles geschah um mich herum. Ja, ich war auch innerlich beteiligt, aber nur bis zu einem gewissen Grade.

015 Der Morgen danach

Am nächsten Morgen frühstückten wir erst mal alle zusammen. Ich weiß nicht wie viel die anderen geschlafen hatten. Ich jedenfalls hatte einen sehr unruhigen Schlaf. Viele Gedanken waren mir durch den Kopf geschossen. Wie würde es weiter gehen? Wie würde auch der Empfang auf der Erde sein? Und so viele andere Fragen beschäftigten mich. Aber ich war nicht alleine.

Beim Frühstück setzten wir unser Gespräch vom Vorabend fort. „Wir sind Helden!" fing Sergej an. „Ja glaubt mir. So etwas ist noch keinem Menschen passiert.

Wir sind schon Helden weil wir die erste Marsexpedition zum Erfolg geführt haben. Ach was rede ich – ein unfassbares Ergebnis. Und nun, nachdem wir die Kobolde entdeckt haben, werden wir alle berühmt sein. Man wird Straßen nach uns benennen. Vielleicht sogar Städte oder neue Galaxien die es noch zu entdecken gilt. Wir werden Bücher schreiben und das Internet wird uns in Sekundenschnelle zu größtem Ruhm verhelfen. Wir werden uns vor Auftritten und Interviewanfragen kaum retten können."

„Jedoch, " unterbrach ihn Chris, „ . . . jedoch müssen wir zu aller erst unsere Hausaufgaben hier auf dem Mars erledigen. Noch sind wir nicht zurück auf der Erde. Wir sollten noch mal zu den Marcies zurück und nach Antworten auf einige der drängendsten Fragen suchen." Er schlug vor, dass ich zurückbleiben sollte um einen Bericht über unsere Erfahrungen für die Bodenstation auf der Erde schreiben sollte.

Die beiden anderen und er würden zum Eingang in das Höhlensystem zurückkehren um erneut herunter zusteigen und mit den Marcies Kontakt aufzunehmen. Ich war einverstanden.

„Du kannst auch eine Analyse des Quatsy-Quatsy vornehmen. Mich interessiert sehr was das genau ist. Vielleicht erst die Analyse. Dann kannst du die Ergebnisse gleich runter schicken zur Erde. Und du kannst uns den Rücken frei halten falls ein Unfall oder dergleichen geschieht."

Dimitrie hatte recht. Sergej, der seiner eigenen Logik folgte meinte, wir sollten zuerst einige Versuche und Analysen im Höhlensystem vornehmen bevor wir wieder Kontakt aufnehmen.

Aber Dimitrie hatte andere Vorstellungen und brachte diese mit einem leichten Unterton von Aggressivität vor: „Wunderbar gesprochen Herr Archäologe. Erst ein wenig buddeln und vermessen und dann eine Audienz beim Häuptling der Marcies. Vergiss es, hier läuft es anders als auf der Erde. Wir sind mit einer völlig neuen Kultur in Kontakt gekommen. Und hier laufen die Uhren anders als in Moskau oder Athen. Wir gehen hin und schauen was passiert. Ich möchte nur nicht wieder in Ohnmacht fallen und den Gymnastikbällen völlig ausgeliefert sein. Vielleicht überlegen sie es sich noch anders und nehmen uns in ihr Labor und machen einige Versuche mit uns!"

Ja, es wurde viel diskutiert. Sogar ob wir die an Bord befindlichen zwei Lasergewehre oder wenigsten die Messer mitnehmen sollten. Kurz: Wir waren mal wieder verwirrt. Welchen Weg sollten wir einschlagen? Wohin sollte die Reise gehen? Aber nach langen Gesprächen einigten wir uns auf den Vorschlag von Chris. Ich blieb zurück und die drei würden wieder zurückkehren und schauen was passiert – ohne Waffen aber mit dem transportablen Labor, dass wir für Außeneinsätze den langen Weg von der Erde mitgebracht hatten.

Schließlich waren uns die Marcies bisher friedlich und ohne Argwohn begegnet. Wir hatten daher keinen Anlass dass sie uns böses wollten.

016 Der Schlafsaal

Also die drei machen sich auf den Weg und ich bleibe Zuhause und analysiere mit den Bordmitteln das Quatsiegemüse. Ich stelle aus dem Videomaterial einen kleinen Film zusammen und gebe den Bericht für die Missioncontrol in den PC ein. Die drei aber hatten wieder ein kleines Abenteuer vor sich. Sie waren mit dem MAM bis zum Höhleneingang gefahren und dann in das Höhlenlabyrinth eingestiegen. Dann aber gingen sie nicht nach links auf der Fußwegautobahn – oder sollte ich sie besser Rolltreppe nennen? – sondern nach rechts in ein unbekanntes Terrain.
Es gab natürlich wieder Diskusionen ob sie nicht wieder zum Stadion laufen sollten. Aber da waren
„. . . wir bereits schon. Es ist doch alles auf Video festgehalten. Lass uns was Neues erleben. Ich bin mir sicher wieder das die Marcies für eine Überraschung gut sind, auch heute. Wir kennen sie doch erst einen einzigen Tag." meinte Sergej. Die anderen beiden folgten seinem Vorschlag und so ging es in Richtung Norden nach rechts auf den Fußweg.

Ja, na klar waren auch einige von ihnen Unterwegs. Chris und Sergej staunten nicht schlecht über die bemerkenswerten runden Lebewesen die tollpatschig wie Enten sich benahmen aber sehr intelligent waren – oder doch nicht?
Mir kam ein Gedanke durch den Kopf, als ich den Bericht schrieb. Vielleicht waren sie ja hier ausgesetzt worden von einer intelligenteren Wesensart als sie es waren. Vielleicht, weil sie zu blöde und unbeholfen waren. Vielleicht ist das Höhlensystem als großes Krankenhaus oder Gefängnis oder als eine Art Insel für Idioten zu verstehen? Also so viel war sicher: Es gab noch viel zu studieren und zu analysieren bei den Marcies.
Es waren also einige von ihnen unterwegs auf der Fußweghighway. Jedoch gingen die wenigen bald ihrer Wege und verschwanden wieder durch kleine Tore irgendwo in Nebengängen oder Räumen.

Als nur noch ein Marcie auf dem Weg war, schlug Dimitrie vor, sie sollten ihn beim Verlassen der Highway verfolgen und sehen wo er bleibt. „Nun gut, wir machen es . . .“ willigte Christos ein und Sergej hatte nichts dagegen. „Wenn eine Reise so oder so ein Abenteuer ist, ist es egal wo man landet.“ Sergej machte mit der Hand eine Bewegung bei ´so´ nach links und beim zweiten ´so´ nach rechts.

„Es gibt noch genügend Rätsel zu entschlüsseln, und das Gewölbe sieht hier eher langweilig aus. Wie heißt es doch bei Faust’ so schön: ´Ich liebe mir die vollen, frischen Wangen. ´ Mal sehen wo er gleich hin tapst.“

Es verging keine Minute da hopste der Marcie durch den kleinen Graben, der die Grenze von dem sich bewegenden Untergrund und den Rest des Höhlenfußbodens war, in Richtung Felswand.

„Vielleicht ein neues Stadion mit einem neuen Spiel?“

„Vielleicht eine Striptease Bar mit Wodka und Bier?“

„Vielleicht haltet ihr bösen und schmutzigen Russen mal euren Mund!“ befahl Chris.

„Kommt mit und trödelt nicht so lange, sonst verlieren wir noch den Anschluss.“ Alle drei verfolgen ihn und er verschwindet hinter einem Felsvorsprung und ist weg. „Schnell hinterher, ihr alten Waschweiber. Ich will wissen wohin er geht.“

Hinter dem Vorsprung begann ein Gang der zirka zwei mal zwei Meter betrug. Der Gang war leicht abschüssig und nach etwa einhundert Metern befand sich ein Zimmer links und nach weiteren zehn Metern eines rechts, dann wieder links und so weiter. Als sie am ersten vorbeikamen lugten die hinein und sahen – nichts. Es war leer.

„Wie interessant. Es ist leer. Doch wo ist ´Jack the Ripper´ entschwunden? Wo ist nur das kleine hässliche Entlein?“ Sergej war am zweiten Raum angekommen. „Leer, auch dieser. Er ist uns entwischt. Wie ist dies möglich? Das dicke Entlein kann doch nicht so schnell sein – oder?“

„Oder?“ wiederholte Chris.

„Wir sollten uns von unseren menschlichen Vorstellungen verabschieden. Dick gleich langsam, schmal gleich schnell oder so. Was meint ihr. Kommt lasst uns weiter gehen."

Als sie am dritten Raum ankamen war dieser voll. Voll von Marcies. Alle drei standen im Tor zu dem Raum. Niemand wagte jedoch einzutreten. Sie wollten nicht stören. Die Marcies hockten eng aneinander in fünf Reihen hintereinander. In der Mitte war ein Weg freigelassen so konnte man ein oder hinaustreten. Auch zwischen den Reihen war Platz freigelassen worden. Was machten sie dort? Sie schliefen. Und sie bewegten sich hin und her. Sie wogten ganz langsam. „Meinst du sie schlafen wirklich? Schau ihre Augen sind geschlossen, aber ihre Körper bewegen sich im Rhythmus ganz langsam."

„Doch doch . . ." antwortete Chris. „Seid ganz still. Ich will sie filmen."

Dimitrie hielt die eingebaute Kamera seiner rechten Armmanschette auf die vor ihm sitzenden und schwenkte vom linken Torbogen nach rechts und ganz langsam wieder zurück.
„Hört ihr etwas?" fragte er die anderen beiden im Flüsterton. Nein, sie schüttelten nur die Köpfe. Es war still. Nur ein leises rascheln war zu hören das vom aneinander reiben der Kleidung der Marcies herrührte. So eng saßen sie ja zusammen.
„Was nun?" wollte Chris wissen. „Nichts." Antworteten die anderen synchron. „Wir ziehen uns zurück und schauen uns weiter um." schlug Sergej vor. Lautlos gingen sie rückwärts. Die Helme übrigens hatten sie abgenommen, sobald sie die Marsoberfläche verlassen hatten und die Atmosphärenanalyse die Unbedenklichkeit gemeldet hatte. Ganz andächtig sollen sie gewesen sein erzählte mir später Chris. So als wenn sie aus einer Kirche gekommen wären in dem noch ein Gottesdienst stattfand, an

dem sie zwar nicht teilnehmen konnten, den sie aber auch nicht stören wollten.

Aus Respekt vor den Teilnehmern versteht sich. Sie waren den langen Gang zum Eingang zurück gegangen.

„Was jetzt? Wohin gehen wir? Vielleicht zurück zum Stadion in dem das Merkwürdige Spiel stattfand. Vielleicht können wir mit einem der Marcies Kontakt aufnehmen." „Ich lade euch erst mal zu einer Limo ein." sagte Chris ohne auf die Fragen von Dimitrie einzugehen.

Zu den nie gelösten Rätseln des Mars gehört die Sache mit den ´fliegenden Gedanken`. Telepathie schien hier üblich und möglich.
Man musste sich nur daran erinnern. Wenn zwei von uns zusammen waren und sich ohne Helm unter der Marsoberfläche befanden und einer sich an diese Möglichkeit der Aufgabenlösung oder der Lösung von Fragestellungen erinnerte, so konnte man schnell vorankommen. Aber erst einmal darauf kommen, sich erinnern! Die drei taten dies was Menschen so gern tun. Erstens Rechthaberei, zweitens folgt ganz natürlich der Streit über das Thema. Da sie zu dritt waren wich einer meistens mit seiner Meinung von der Meinung der anderen beiden ab. Hatten sich zwei auf einen Weg geeinigt, so blieb ein dritter übrig um zu wiedersprechen.

Zum Glück erinnerte sich Dimitrie an die ´fliegenden Gedanken`. Und nachdem er die beiden davon überzeugt hatte mitzumachen und nicht andauernd in Opposition zu treten, begann Chris Dimitrie Fragen zu stellen. Man muss wissen, dass es keinen Kommandanten bei dieser Reise gab. Alle waren gleichberechtigte Teilnehmer der Mission. Schließlich waren wir nicht die Besatzung eines Militärpanzers der in den Krieg fuhr. Dort mag System von Hierarchie und Befahl und Gehorsam ja nützlich sein.

Aber wir waren hochspezialisierte Wissenschaftler und keine Viererkette der Abwehr einer Fußballmannschaft.

„Gut. Sollen wir den Weg weiter fortsetzen oder sollen wir zurück zum Eingang des Ganges?" wurde Dimitrie von Chris gefragt.

„Den Weg weiter fortsetzen." gab er ganz ruhig zur Antwort.

017 Das Ei Faberge´

Ich will versuchen mich kurz zu fassen. Sie waren den Weg weiter gegangen. Dabei kamen sie noch an etlichen Räumen vorbei. Einige waren leer und in anderen waren Marcies wie in Trance versetzt auf dem Boden hockend sich hin und her wiegend.

Der Weg führte bei einem Neigungswinkel von zehn Grad hinab. Er war lang. Falls die drei sich uneins waren fragten sie – und Dimitrie antwortete prompt. So weit so gut. Sie waren so etwa eine Stunde gelaufen, als sie an eine Tür kamen. Es waren zwei Türflügel mit je drei Metern Breite.

Sie waren so befestigt, dass sie sich wie Schwingtüren in die eine und andere Richtung öffnen liesen. Kurz nach den Türen machte der Weg einen etwa neunzig Grad großen Knick nach rechts und als sie nach dem Knick noch den restlichen Weg zu Ende gegangen waren, standen sie auf einer Galerie welche eine etwa vierhundert Meter im Radius umfassenden Raum umgab.

Also es war eher eine große Halle als ein Raum. In der Mitte dieser Halle war ein großes Etwas das an ein Ei erinnerte. Der Vogel der dieses Ei gelegt hätte würde riesig sein. Aber es war kein Ei eines Vogels, sondern es stand auf vier Füßen. Das Ei war fein ziseliert und von Silber eingelassenen Bändern geschmückt. Sie verliefen alle in vertikaler Richtung von den Füßen ausgehend sich überlappend zur Spitze.

Die Spitze war ganz und gar silberglänzend. Die Füße hatten eine rotgoldene Farbe und der Untergrund auf den die Silberlinie und die Ziselierungen sich abhoben war Mattschwarz.

„Ein Faberge´-Ei. Ganz klar, er war hier und das ist seine Ausstellungshalle." sagte Dimitrie vom Anblick des Eies fasziniert. Alle drei schauten auf dieses wunderschöne Kunstwerk.

„Ja, du hast recht. Nur der Meister selbst hat so etwas Schönes kreieren können. Es ist sehr groß. Wahrscheinlich ist es massiv. Was meint ihr?"

Sergej war ebenso fasziniert das Ei anstarrend auf der Galerie stehengeblieben. Nur Chris hatte sich das ganze Ei mit einer gewissen inneren Distanz angesehen, um dann nach einigen Momenten der Prüfung festzustellen:
„Ihr seid ja verrückt. Das Ding ist mindestens einhundert Meter hoch. Was faselt ihr da von Faberge´. Ich bringe dieses Ding mit den Marcies in Verbindung. Sie haben es gebaut. Wozu sie es gebaut haben interessiert mich."
Es folgte was folgen musste nämlich eine Diskussion über das ´Ei´. Natürlich wollten Dimitrie und Sergej es nicht so verstanden wissen, das Faberge der berühmte Goldschmied des letzten Zaren Nikolaus des zweiten hier auf dem Mars wäre. Es war zwar sehr groß, aber mindestens genauso schön.
„Es sieht aus wie ein Kultgebäude. Vielleicht ist es eine Kirche oder ein Tempel"? spekulierte Chris.
„Quatsch, es hat doch gar keinen Eingang oder so." konterte Dimitrie.
Worauf natürlich Sergej sagte:
„Ihr seid alle blöd. Ihr wollt nüchterne Wissenschaftler sein. Ihr erinnert mich an sechs jährige Kinder. Wir sollten es uns aus der Nähe ansehen. Es wird bestimmt einen Weg hinunter geben. Ich werde schon mal einige Videoaufnahmen machen." Übrigens das Comsystem zum Shuttle funktionierte nicht hier unten. Sie konnten nicht mit mir sprechen und schon gar nicht Daten übermitteln. Sie waren auf sich gestellt.

Als sie die Galerie im Uhrzeigersinn weiter gegangen waren führte eine breite Treppe sie hinunter in den Hof der sehr groß war. Das „Ei" hatte einen Durchmesser von vierzig Metern.

Die vier Füße, die an dem Ei waren, waren nicht angeschweißt oder ähnlich, sondern es war aus einem Guss. „Hallo ist hier jemand?"

„Typisch Bär, erst mal brüllen. Hast du Angst, dass du nach deiner Mami schreist?"
„Ich nicht, aber du scheint mir. Du brauchst wohl jemanden der dir das Ding erklärt, wie?"
„Ich habe jedenfalls keine Erklärung für das Ding hier."
Chris und Sergej hatten sich in der Wolle. Es lag an Dimitrie die Lage zu entspannen.

„Du gehst links herum und du rechts herum. Hört auf euch wie kleine Kinder zu benehmen."
Der Sockel des Eies hatte Kontakt mit dem Boden, der hier nicht aus Fels sondern aus feinem Sand bestand. Demnach hatte das Ei an fünf Stellen Kontakt mit Boden. Die Halle war in sich geschlossen. Am Rand standen diese merkwürdigen Dinger die aussahen wie Tulpen und ein Licht nach oben ausstrahlten.
Auch die Wände leuchteten wunderschön wie im gesamten Gangsystem.
„Wir machen wieder das Frage und Antwortspiel." schlug Dimitrie den anderen beiden vor, als sie sich wieder auf der anderen Seite des Eies vereint hatten.
„Nein, nein. Wir sollten uns diese Marcies vorknöpfen und versuchen mit ihnen in Kontakt zu treten. Vielleicht können sie ja mehr sagen als ´Quatsy-Quatsy´ und mit den Schultern zucken." „Du hast recht. Wer sagt uns denn, dass die Antworten denn richtig sind. Immer noch misstrauisch, was! Vielleicht wollen sie uns entführen oder uns gefangen nehmen!" Chris hatte Sergej erwidert was er dachte.
„Also gut", kam nun noch Dimitrie dazu, „suchen wir so ein rundes Etwas und fragen ihn wo der nächste Bierautomat ist. Denn eins ist sicher, hochintelligent scheinen sie zu sein." Es gab insgesamt neun Treppen die nach

oben auf die Galerie führten von der die drei gekommen waren. Unter den Treppen gab es aber auch noch kleine Durchgänge die irgendwohin führten. Sie entschlossen sich bei der Suche nach einem Marcie den Weg zu wählen den sie auch gekommen waren. Bloß nicht verirren in diesem Labyrinth.

018 Der Spaziergang

Ich saß während der ganzen Zeit auf meinem Hintern am PC und gab den Bericht ein. Mein Englisch und erst recht mein Russisch waren nicht gut genug, also schrieb ich in Deutsch. Ich dachte mir, unser Bordcomputer könnte es doch später in andere Sprachen übersetzen. Ich trank Tee und knabberte eine Art Keks, als ich aus dem Fenster schaute und mir die Oberfläche ansah.

´So so´, dachte ich bei mir, ´. . . haben wir den ganzen weiten Weg von der Erde hierher gemacht, um auf diese komischen Leute zu treffen. Wir sollten besser Vorsicht walten lassen und uns zurückziehen´.

Mein Blick wanderte so über die Geröllwüste, als ich meinte da etwas sich bewegen zu sehen. Ich hatte es nicht für möglich gehalten, dass einer dieser Marcies sich auf der Oberfläche blicken lassen würde. Also schaute ich genauer hin. Es war einer von ihnen. Ich schaute durch das Zoom und erblickte ganz deutlich nur Einhundert fünfzig Meter vor unserem Shuttle einen. Er hüpfte und paddelte mit seinen beiden kleinen Ärmchen, so als wenn er sagen wollte:

„He du Menschling, komm doch raus zum spielen." Ich musste abwägen ob ich dieses Risiko eingehen sollte. Ich durfte den Shuttle doch nicht verlassen.

Ich war der letzte auf der Station. Ich musste hier bleiben. Aber es geschah doch, dass meine Neugier größer war als meine Skepsis. Ich also rein in meinen Anzug, Helm auf, Sauerstoff gecheckt, durch die Schleuse und raus. Ich hinterließ eine Cam-Nachricht für die anderen. Ich wollte nur kurz raus und noch bevor die Anderen zurück kämen, wollte ich vor ihnen wieder da sein, auf meinem Posten. Ich hatte einfach Vertrauen zu diesen kleinen Figuren. Ich konnte mir nicht vorstellen, dass sie etwas Böses im Schilde führten.

Als ich bei ihm ankam, hatte er sich nicht von der Stelle gerührt. Er watschelte langsam vorwärts und ich folgte ihm. Erst jetzt bemerkte ich, dass er einen anderen Anzug als sonst übergestreift hatte. Er schien mir enger und dicker als die anderen die wir sonst unter Tage gesehen hatten. Um seine kleine Mundöffnung hatte er einen kleinen Ring gelegt.
Er sah aus wie ein dünner Gartenschlauch. Es ist möglich, dass er mit dieser Hilfe auf der Marsoberfläche die keinen Sauerstoff enthielt überleben konnte. Wir gingen eine ganze Weile so neben einander.
Ich fragte mich ob ich das Außencom einschalten und mich vorstellen sollte, oder ob ich ihm gleich einige Fragen stellen sollte. Wir entfernten uns immer mehr vom Shuttle und ich bekam langsam Zweifel ob es richtig war was ich da machte. Den Shuttle hatte zwar ein Schloss und nur mit einer Zahlenkombination konnte dieses geöffnet werden. Aber vielleicht würden andere Marcies einbrechen oder gleich das ganze Shuttle stehlen und damit wegfliegen. Ein zweites hatten wir ja nicht.

Ich sagte zu ihm: „He kleiner, ich bin jetzt genug mitgelaufen. Ich kehre um denn meine Kumpels kommen bald zurück und wollen dann Abendbrot essen." Ich hatte das Außencom eingeschaltet und gehofft, dass er mich versteht. Er blieb nur kurz stehen blickte mich an und winkte mit einem seiner Händchen ich solle weiter mitgehen. Er ging nun schneller. Ich war neugierig und folgte. Wir kamen an einen recht flachen Krater den ich auf etwa vierhundert Meter im Durchmesser schätzte. Mein Marcie blieb stehen und freute sich.

Das konnte ich genau erkennen, denn sein Mund mit samt dem Gartenschlauch wurde breit und verzog sich nach oben. Er hüpfte auf der Stelle. Er klatschte mit seinen kleinen Patschhändchen dabei gegen seinen Körper.
Von der Mitte des Kraters begann nun der Sand sich zum Kraterrand wie eine Welle hin aufzutürmen. Es tat sich dabei ein Loch auf, das immer

größer wurde. Ich weiß noch wie ich dachte, gleich ist der gesamte Kraterboden verschwunden und ein riesiges Loch ist dort wo sich einst der Kraterboden befand. Dem war aber nicht so. Etwa die Hälfte des Kraterbodens war einem großen Loch gewichen.

Ich versuchte hineinzuschauen, um etwas zu sehen und ich glaubte eine Kuppel zu entdecken. Sie war dunkel und funkelte leicht. Ich musste an die Ouvertüre von Händel denken die zur Feuerwerksmusik. Sie kam mir in die Ohren und so fühlte ich mich.
Der kleine Mann neben mir war mir nicht wichtig. Ich schaute nach unten und sagte zu ihm: „Kommen sie mein Freund, es muss doch sicherlich einen Weg in diese Höhle zu der Kuppel geben." Er hüpfte los als ob er mich verstanden hätte und ich folgte ihm einen Blick hinein auf die Kuppel wagend.
Ich vergaß dieses Ding mit der Kamera aufzunehmen. Sie, ich meine die Leute von der Mission, hatten und während der Ausbildung immer wieder eingebläut wir sollten alles dokumentieren und von allem was uns wichtig erschien Proben nehmen und untersuchen und wenn als wichtig von uns eingestuft, mit zu Erde nehmen.
Genau – ja richtig. Und so schoss mir der Gedanke durch den Kopf gleich meinen Begleiter zu fragen: „He Kumpel, willst du nicht mit zur Erde kommen?"

Zu meinem Erstaunen hielt der Marcie an, drehte sich um und zappelte mit den Händen und schüttelte seinen Körper von oben beginnend nach unten. Dies sollte wohl ´Nein` bedeuten. Das Erstaunen wich bald einem amüsiert sein über diese Reaktion. Es war ein Anflug von Entsetzen und Panik in seiner Körpersprache zu erkennen so als wolle er mir sagen: „Nein bloß das nicht. Ich war schon mal dort. Das Essen dort war kalt und das Bier ungenießbar." An Zurückgehen war jetzt überhaupt nicht mehr zu denken. Er ging einen Weg entlang der durch das Gestein hindurch in die Tiefe unter der Marsoberfläche führte.

Ich hoffte er würde mich hinterher in die Kuppel führen denn ich war gespannt auf die nächste Sehenswürdigkeit der Marsbewohner. Als wir ein Stück des Weges hinter uns gelassen hatten, nahm der Marcie seinen Gartenschlauch um den Mund ab. Es machte Plopp. Ich führte eine Atmosphärenanalyse durch. Ich blieb doch misstrauisch. Sie fiel jedoch positiv aus und so nahm ich den Helm ab.

Das Gas, das mich umgab roch leicht süßlich nach Karamell und etwas nach Mottenkugeln. Er erinnerte mich an Ägypten. Ich war dort einige Male im Urlaub gewesen. Ich fand immer, dass dieses Land anders roch als alle anderen in denen ich mal war. Eben süßlich und nach Mottenkugeln.
Der Gang führte ziemlich Steil hinab und wir gelangten an eine Art Torbogen. Er war nicht sehr groß und ich musste mich bücken um hindurch zu gelangen. Auf der anderen Seite war der Gang beendet und wir traten in eine sehr große Halle. Ich meine mich zu erinnern das ich nur noch stammelte:
„Oh mein Gott, das ist wahnsinnig! Das ist ja irre! Das glaubt mir keiner! Was ist das?" Vor mir stand ein dunkles mit feinen Äderchen durchzogenes auf dem Boden stehendes großes Ei. Vier Füße wuchsen auch noch aus dem Ding.

019 Der Keksriegel

Na iss ja klar. Ich stand ohne es zu wissen vor dem Ding das wenige Stunden zuvor meine Kumpel gefunden hatten. Später stellte sich heraus, dass wir uns um wenige Minuten verpasst hatten. Da stand ich nun und bestaunte das Ding. Auch ich machte natürlich Filmaufnahmen und schaute mir das Ding an, indem ich es einmal umrundete. Mein kleiner Begleiter blieb auf der Stelle stehen, so als wenn er andeuten wollte, dass seine Pflicht nun erfüllt sei und er mir nun nichts mehr zu sagen hätte.

Ich beschaute es genau – konnte aber nirgends erkennen, dass es irgendwo Absätze gab.

„Na, wozu braucht ihr denn das Ding?" fragte ich den Marcie als ich wieder bei ihm angekommen war. „Schönes Teil. Was macht ihr bloß damit? Ist dies ein Götze? Betet ihr den Kram an? Sieht ja schön aus. Oder ist dies eine öffentliche Schwimmhalle?" Oder eine öffentliche Toilette dachte ich noch und musste über meine eigenen Gedanken lachen.

Die ganze Zeit blickte mich der Kerl an. Ich nehme jedenfalls an das es ein Kerl war und keine Frau. Vielleicht war er ja auch keins von beiden. You never know.
Ich setzte mich in den Sand, „. . . wenn meine Kumpels dies sehen. Zum Glück gibt es ja den Camcorder. So kann ich ihnen das Ei zeigen."

Nach einiger Zeit beschloss ich weiterzugehen. „Kommst Du mit?" Nein er blieb sitzen. „Na gut, ich gehe weiter. Also auf Wiedersehen."

Ich ging zum Torbogen durch den wir die Halle betreten hatten und nach einigen Metern drehte ich mich um und lief zurück. Doch mein Begleiter war verschwunden, einfach weg. Ich war doch nur etwa dreißig Sekunden weggegangen. Ich schaute nach oben in die Halle und erkannte erst jetzt, dass eine Galerie in etwa zwanzig Metern Höhe um die ganze Halle lief.

Dann auch erst erkannte ich Treppen die nach oben zu eben dieser Galerie führten. Und gerade als ich die großen Schwingtüren sah durch welche die anderen in diese Halle getreten waren, bemerkte ich den Marcie der die Halle verlies. Die Tür wippte noch einmal nach und schloss wieder hinter ihm.
„He, warte auf mich! Du arroganter Schnösel, du kannst mich doch nicht hier alleine lassen! Also so was!" Ich lief so gut es ging durch den Sand zur Treppe, diese hoch, durch die Schwingtür und hätte ihn erreichen müssen – ja wenn, ja wenn er denn noch da gewesen wäre.

Aber diesmal war er wirklich weg. Keine Spur mehr von ihm. Doch was war das? Auf dem Fußboden sah ich einen mir sehr gut bekannten Schnipsel liegen. Es war die Verpackung von einem Keksriegel. In kyrillischer Schrift und drei weiteren Erdsprachen stand:
„Keksration sechzig Gramm" drauf. Sie waren also hier gewesen. Der Schnipsel war zwischen zwei Steine geklemmt. Er sollte demnach gefunden werden. Waren sie in Gefahr oder vielleicht entführt oder war es zum Kampf gekommen? Sofort liefen vor meinem geistigen Auge die verrücktesten Filme ab. Leider keine schönen Filme.

Die Angst stieg in mir auf ohne dass ich etwas tun konnte. ´Doch du kannst. Du hast nur einen Schnipsel gefunden mehr nicht. Sie sind also wohl auf und wollten nur eine Duftmarke setzen. Ich habe sie gefunden. Bleib ruhig und gehe den Weg weiter.`

In mir kamen wieder Zweifel auf. Was ist wenn . . . ? Aber ich habe ja das Comsystem. Ich setzte den Helm auf ließ ihn mit dem Ring des Raumanzugs einschnappen und aktivierte es so.

„Hallo, hier Robert bei Aussenmission auf dem Mars – Unternehmen Picus. Hört mich jemand? Dimitrie, Sergej und Christos. Hört ihr mich? Antwortet!"

Nein, niemand antwortete. Vergebliche Liebesmühe. Keine Antwort. Ich ließ den Helm auf, schaltete aber die interne Sauerstoffversorgung nicht ein. Ich hatte genug Atemluft von außen. Der Helm wog zwar nur eins Komma vier Kilo, aber er war etwas unhandlich. Daher ließ ich ihn auf. Nach dieser „Nachricht" von den anderen und dem Verschwinden des Marcie war ich etwas verwirrt. Nicht weiter schlimm dachte ich so als ich mir meiner Gemütsverfassung bewusst wurde. ´Macht doch nichts Robert. Du bist hier auf dem Mars. Entgegen aller Beteuerungen der Hälfte der Elite der Erde gibt es doch Leben auf dem Mars, und zwar hochentwickeltes.
Telepathie ist hier auch möglich, ein riesiges Ei hast du gefunden, deine Compagnons sind nicht zu erreichen, weil du dich unerlaubterweise von dem Shuttle entfernt hast und Marcies lösen sich in Luft auf. Du musst jetzt ganz ruhig bleiben und den Weg zurückgehen.

Peng! Da war es, den Weg zurückgehen! Nach der Verwirrung kommt Klarheit. O.K. zurück auf Start. Reset! Ich kehrte also um und wollte die Flügeltür aufstoßen als ich den Schnipsel noch in der Hand gegen eben diese Tür rannte. ´Verdammt, wer hat das Ding zu gemacht? Macht sofort die Tür auf. Ich will zurück zum Shuttle! ´

Alles rütteln und zerren nützte nichts, die Tür war geschlossen. Sie bewegte sich nicht einen Millimeter. Auf der Erde gab es Türen die sich, obwohl sie verschlossen waren, in ihren Angeln bewegten. Diese aber war wie eine Wand aus Stein. Zum Glück hatte ich mich noch so unter Beherrschung das ich nicht dagegen trat. Ich hätte mir den Fuß verletzt.

Ich hatte keine andere Wahl. Ich ging den Weg hinunter den meine Kollegen bereits gegangen waren. Wohin sollte mich dieser Weg führen? Ins Verderben? Da waren sie wider. Zweifel und Ängste.

´Robert sei kein Narr, es ist alles gut. Ich schicke die Ängste weg und wähle positive Gedanken die meinen Weg durch dieses Labyrinth begleiten werden! Mein Gott lässt mich nicht zu Schanden kommen! Er lässt mich nicht im Stich! Ich war nie ein sehr Gottgläubiger Mensch. Aber manchmal war es doch gut zu beten. Es beruhigte mich immer wieder und ich konnte wieder klare Gedanken fassen.

Alles ist gut. Fürchte dich nicht. Ich war fertig. Aber ich ging weiter. Der Weg wurde breiter und machte einen fast neunzig Grad Knick nach links. „Na ihr Monster, wo seid ihr?" Aber keine Monster waren da. Ich kam an den Räumen vorbei in den die schlafenden Marcies von meinen Kollegen gesehen wurden. Jetzt waren die Räume leer. Ich erfuhr ja erst später von ihren Entdeckungen.

020 Der Gemüseanbau

Die drei gingen die Treppe hinauf auf die Galerie durch die Schwingtür und da sie Hunger hatten, aßen sie einige Keksriegel. Das Vollkornmehl war locker gebacken und mit Schokolade und Trockenfrüchten gemischt. Eine gute Energiequelle für den Körper. Sie waren ja Wanderer und brauchten eine Stärkung. Malzbier tat ebenso gut und löschte den Durst.

„Was nun?" fragte Sergej.
„Wollen wir zurück zum Shuttle? Also mein Bedarf an Sensationen ist gedeckt. Ich will nach Hause zum Shuttle. Entspannen. Vielleicht hat die Bodenmission sich gemeldet."
„Genau, sie werden bestimmt sagen: `Jungs bleibt zu Hause. Das ist zu gefährlich für euch. Vielleicht sind die Bewohner feindlich eingestellt`."

„Na so an den Haaren herbeigezogen ist das ja nicht", fiel Christos ihm ins Wort. „Bedenke nur, Kolumbus wurde von den Indianern auch zuerst freundlich aufgenommen. Und später gab es Tote."

„Vollkommen richtig, erst nachdem die Spanier ihre Forderungen nach Gold gestellt hatten und die Indianer keines mehr hatten, gab es Ärger."
Es entstand eine Diskussion. Das übliche. Waren die Spanier böse und die Indianer nur gut oder war es eine Mischung aus beiden.

„Hort doch endlich auf! Fest steht, dass die Marcies bisher nichts unternommen haben um uns etwas anzutun.
Im Gegenteil. Sie haben uns sogar vom Quatsie-Quatsie abgegeben und haben uns gezeigt dass unsere Anzeigen richtig waren. Wir können hier atmen und außerdem haben sie uns gezeigt, was Telepathie ist und sie haben uns als Zuschauer für ihr Spiel geduldet."

Sergej fiel Dimitrie ins Wort.

„Recht hast Du. Wenn sie uns massakrieren hätten wollen, hätten sie es schon lange getan. Ich schlage aber trotzdem vor zurück zum Shuttle zu gehen. Wir sollten die gesamten Daten und Aufnahmen die wir haben sichten und auswerten. Und wir sollten der Mission Control eine Nachricht zukommen lassen. Schließlich ist das was wir hier erlebt haben ja wirklich sehr außergewöhnlich. Seit ihr einverstanden?"

Alle kamen überein den Weg zurück zum Shuttle einzuschlagen. Es war eh egal was die Mission Control sagen würde. Die Kosmonauten auf dem Mars mussten entscheiden.

Ich will versuchen mich kurz zu fassen. Die drei gingen den Weg weiter und kamen noch an großen Hallen vorbei in denen Quatsie-Quatsie angebaut wurde oder so ähnlich. Es gab da Marcies die zwischen den sehr langen Reihen der Gemüse hin und her wattschelten und sich um sie kümmerten.

Sie blieben stehen, tätschelten das Gemüse, beugten sich dabei vor und gingen dann weiter. Nach dem sie an zwei oder drei vorbei gegangen waren geschah das Ganze von vorn. Das Licht in diesen großen Gesteinshallen war etwas weniger als sonst in den Gängen und bei der Fußwegautobahn.

Die drei nahmen natürlich alles mit dem Camcordern auf. Sie gingen weiter und kamen irgendwann zum Ausgangspunkt ihres Ausflugs zurück. Helm auf, rauf auf den MAM und zurück zum Shuttle.

Sie staunten natürlich als ich nicht im Shuttle war. Auch ich fand irgendwann den Weg raus aus dem Labyrinth und funkte dann zum Shuttle. Auf der Oberfläche funktionierte unser Com wieder. Christos holte mich mit dem Auto ab und erzählte mir bereits unterwegs vom „Ei".

Es war für mich nichts Neues, ich war aber natürlich sehr erfreut alle gesund wieder zusehen. Meine negativen Projektionen hatten sich nicht erfüllt. Wir waren froh uns wieder zu haben. Ich bekam selbstverständlich kritische Anmerkungen vor allem von Sergej weil ich den Shuttle verlassen hatte.

Er sah aber von einem Eintrag im Klassenbuch ab. Will sagen, es wurde nicht vermerkt und somit der Mission Control nicht mitgeteilt.
Man hatte natürlich, wenn man die Anwesenheitsanzeigen des Shuttle angeschaut hätte erkannt, dass es für einige Stunden an diesem Tag ohne Besetzung war. Aber ich hatte Glück. Na klar wurde die Entdeckung des „Eies" gefeiert.

Es gab Wodka und Metaxa, dazu, wer wollte einen starken Kaffee und kleine Knabbereien.

021 Wie oder was?

Also, wie ich sagte war uns strikte Geheimhaltung befohlen. Wir hatten dies nicht nur schriftlich sondern auch per Eid erklären müssen – wie einen Schwur. Ich weiß nicht ob die anderen drei sich daran hielten. Ich jedenfalls tat es, bis zu einen Tag an dem ich mich Entschloss alles auf Tonband aufzunehmen.

Ich wusste, dass ich solange ich in Russland war, beschattet wurde. Das war mir klar und ich empfand dies als normal. Als ich jedoch zurück nach Deutschland kam, ließen die Nachstellungen des Geheimdienstes nicht nach. Sie waren immer noch da. Ich saß in einem Cafe´ in der Innenstadt und an der Tischreihe am Rande des Cafés saß wieder so ein Mann.
Etwa Anfang vierzig mit Brille, die Stirn in Falten gelegt und Rotwein trinkend. Er schaute mich die ganze Zeit an und wenn ich zu ihm hinüberschaute blickte er an die Decke und grinste ganz leicht – kaum wahrnehmbar. Er trug einen Seidenschal um den Hals und an der rechten Hand eine große Armbanduhr. Er schien mir zu sagen: ´Ich weiß das du weißt das ich vom Geheimdienst bin. Ich könnte mich gleich zu dir an den Tisch setzen. Aber ich tue so als wenn ich ein Sparkassenangestellter bin, der gerade von der Arbeit kommt und sich entspannen will.
Wir sehen dich, vergiss dies nie! `
Daher entschloss ich mich alles was sich auf dieser Reise ereignete aufzunehmen. Falls mir etwas zu zustoßen würde, gäbe es wenigstens diese Aufzeichnungen über die bis dahin weltgrößte Entdeckungsreise. Hunderte von Gedanken gingen mir durch den Kopf. Einige von ihnen kehrten immer wieder und drehten sich wie ein Mühlstein in meinem Schädel.
Es gab in dieser Expedition so viele Fragen die noch keine Antworten hatten. Picus war übrigens ein vom Mars geliebter Untergott der Altrömischen Göttersagen.

Unser Unternehmen sollte vom Mars geliebt werden. Daher der Name. Hatte ich, glaub ich, am Anfang erwähnt. Ich bekam manchmal Angst vor diesen Geheimdienstleuten!

Es waren mindestens drei die ich als solche erkannte. Oder meinte ich sie zu erkennen. Denn ganz sicher konnte ich ja nie sein. Sie waren am Tage immer abwechselnd mir auf den Fersen.
Als ich mit meiner Frau im Sommer, zwei Jahre nach Rückkehr vom Mars, auf der Insel Amrum Urlaub machte, ging ich einmal allein vom Strand zurück zu unserer Ferienwohnung. Ich kam hinter den Dünen an dem Strandcafe´ vorbei. Und da saß wieder so ein Kerl. Zuerst erschrak ich als ich ihn sah und er ebenso.
Ironischer Weise trug er ein T-Shirt mit den großen Lettern CCCP drauf. Das war russisch und steht für „Union der sozialistischen Sowjetrepubliken". Er sprang auf und drehte sich um und verbarg sein Gesicht.
Anfänger – dachte ich nur. Ich war verwundert und wurde wütend. Nach zwei Jahren immer noch verfolgt zu werden! Diese Unverfrorenheit. Hätte ich gewusst, dass ich eines Tages so wichtig für diese Leute in Moskau werden würde, hätte ich mich vielleicht nicht für diese Mission zur Verfügung gestellt. Aber nun war der Drops ja gelutscht.

Die Mission Picus war beendet und ich arbeitete wieder als Physiker. Als ich zufällig in einer englischsprachigen Fachzeitung las, dass Dimitrie in Russland wegen Hochverrates verhaftet wurde, viel bei mir die Entscheidung. Sprich den ganzen Kram aufs Band. Bevor sie dich vergiften oder ertränken. Es wäre schade wenn niemand von der ganzen Reise etwas erfahren würde! Also kaufte ich ein kleines Tonbandgerät. Doch nun zurück zum Mars.

022 Auf Wiedersehen

Äh, ich möchte zusammenfassen was sich in den folgenden Tagen so an Bord ereignete. Es war nichts Dramatisches – zum Glück. Ich hatte mich artig bedankt, dass mich niemand melden würde, da ich das Shuttle unerlaubt verlassen hatte. Wir diskutierten ausführlich das Geschehene der letzten Tage. Immerhin hatten wir gemeinsam wenn auch hintereinander das „Ei" entdeckt. Ich wurde dorthin geführt. Was sollte dies bedeuten? Es gab so viele ungeklärte Fragen die – so meinten wir, darauf warteten von uns beantwortet zu werden.

Auf die Bodenkontrolle wollten wir uns nicht verlassen. Sie hatten ja nicht das erlebt was wir erlebt hatten. Egal wie ihre Anweisung oder auch nur ein Ratschlag aussehen würde, wir würden uns auf alle Fälle das letzte Wort vorbehalten, und unserer Entscheidung gemäß agieren. Auch wenn diese gegen die Missionkontroll wäre. Schließlich waren wir ja fast achtzig Millionen Kilometer mit dem Raumschiff quer durch das Sonnensystem gerast und nicht die.

Wir fühlten uns als Helden! Ratschläge von Sesselpupsern wollten wir wenn nötig ignorieren. So drückte sich jedenfalls unser griechischer Philosoph` Christos aus.

Und so schickten wir lediglich eine Kurznachricht nach, also – zum, wollte ich sagen, zum Missionscenter. Wir schrieben, dass wir eine bakterielle Lebensform auf Proteinbasis entdeckt hätten. Dies stimmte ja auch.

Wir hatten nicht gelogen, nur etwas untertrieben. Wir hatten circa ein Prozent dessen was vorgefallen war berichtet. Doktor Pjotr Ribunewsky welcher der Leiter der Picus Mission war, beglückwünschte uns in seiner Antwort und wollte die exakten Daten unserer Untersuchungen übermittelt haben.

Sergei und Dimitrie die den russischen Direktor und alle anderen russischen Kollegen viel besser kannten als Christos und ich, übermittelten, dass dies noch etwas dauern würde. Sie kannten den gesamten Apparat und ihre Apparatschicks und hielten sich daher sehr bedeckt. Mein Bericht den ich begonnen hatte bevor ich auf meinen „Spaziergang", schickten sie nicht zu Erde. Die Meldung war nur drei Zeilen lang. So wie damals bei Apollo 13: ´Houston wir haben ein Problem´. Nur hatten wir kein Problem sondern eine Sensation zu vermelden.

Also was machen wir nun?

„Ja wenn wir von Lenin seine Überragende Schrift ´Was tun? ´ hier hätten, könnten wir nachschlagen, was die Proletarische Vorhut für den Rest der Menschheit unternehmen kann, um das Banner der Internationalen Solidarität der Komintern hoch zu halten."

„Sehr lustig, wirklich sehr lustig." Wir wussten nicht so recht mit dieser unerwarteten Situation umzugehen. Hatte ich glaub` ich auch schon erzählt. Wir redeten lange miteinander und einigten uns auf folgende Punkte:

Erneuter Besuch des „Eies".

Weitere Untersuchungen vor Ort.

Keine Inanspruchnahme des Frage und Antwortspieles unterhalb der Marsoberfläche. Also keine „fliegenden Gedanken", da die Motivation der Marcies nicht bekannt ist.

Christos und Dimitrie unternehmen eine Expedition zum „Ei".

Sergei und ich würden als Sicherheitscrew im Shuttle bleiben.

Weitestgehende selbstständige Entscheidungen vor Ort ohne Manipulation durch Marcies.

Versuch der weiteren Beschaffung von Quatsiegemüse, einer der Lichtquellen oder irgendeiner anderen für Untersuchungszwecke geeigneten Dinges.

Ich hatte den Eindruck, sie ließen mich mit Sergej zurück damit ich unter Kontrolle war und keine Dummheiten machen könnte. Ich sagte nichts, sondern blieb ganz ruhig.

Wir schliefen recht früh. Am nächsten Morgen verließen uns die beiden und Sergej und ich frühstückten sehr lange bis er Wartungsarbeiten durchführte, und ich weiter an meinem ausführlichen Bericht arbeitete. Ich nahm die Analysenergebnisse des Quatsiegemüse auf. Kohlenhydrate im Mittel 32 Prozent; Proteine im Mittel 21 Prozent; Fette im Mittel 19 Prozent.

Wobei fast keine gesättigten Fettsäuren vorhanden waren. Daher also leicht verdauliches Fett, zumindest für uns Menschen. Vitamine und Mineralstoffe ergaben zirka fünf Prozent. Folsäure und Siliciumdioxid waren überproportional stark vorhanden. Der Rest von 23 war nicht verdauliche Bestandteile. Zellulose und andere Bestandteile die ich in einer Reihe mit Bananenschalen oder Mangoschalen stellen würde. Wasser enthielt das Quatsie auch. Und zwar exakt elf Komma sieben acht Prozent.

Nun, als wir uns von den beiden verabschiedeten wussten wir nicht, dass es ein Abschied auf lange Zeit werden würde.

Wir waren ja keine Propheten sondern Kosmonauten. Hätte wir gewusst was den beiden zustoßen würde, hätten wir den Ausflug vielleicht abgesagt. Aber wer weiß, möglicherweise hätten wir ihn auch stattfinden lassen.

Sie hatten Proviant für zwei Tage mit. Übrigens ist ein Marstag, also die Dauer einer Drehung des Planeten um seine eigene Achse etwa genau so lang wie der auf der Erde. Für einen Umlauf um die Sonne braucht er fast doppelt so lange wie die Erde.

Er ist ja auch etwa um die Hälfte der Entfernung Erde - Sonne mehr entfernt von ihr. Kapiert? Er hat einfach eine größere Bahn zurückzulegen als unsere Erde. Warum erzähle ich dies?

023 Die Schale hat Risse

Christos und Dimitrie waren den Weg gegangen den sie ja kannten. Alles war ihnen bis dahin bekannt. Hier und da einige . . . ach nein – großer Quatsch! Sie waren ja meinen Weg gegangen um in die Halle mit dem Ei des Faberge´ zu kommen.

Er war erheblich kürzer als der Weg über die Fußwegautobahn. Was erzähl ich denn da? Na, jedenfalls kamen sie ganz einfach beim „Ei" an. Sie holten ihre Messgeräte aus den Umhüllungen und bauten sie auf. Zum Transport der selbigen, vom MAM zum Ei hatten sie Hackenporsche benutzt. Es sollte alles Mögliche gemessen werden. Natürlich die Höhe und der Umfang, die Materialdichten und eine Materialbestimmung sollten erfolgen. Ebenso einige Strahlen durch das Ding gejagt werden und auch das Gewicht sollte bestimmt werden- na circa jedenfalls.

Sie hatten die Helme abgenommen und Dimitrie begann mit einem Gummihammer vorsichtig die Außenhaut des Dinges abzuklopfen. Damit er wusste an welcher Stelle er begonnen hatte wählte er genau den südlichsten Standpunkt aus.

Da begann er also zu klopfen „Tong – Tong, Tong – Tong".
Immer so weiter. Er war ein wirklich guter Wissenschaftler und hatte die Höhe seines Abklopfens so bestimmt, dass er seinen Oberarm im rechten Winkel zum Körper und den Unterarm wieder im rechten Winkel zu Oberarm hielt.
Der Abstand zum „Ei" betrug einfach eine Unterarmlänge. Den Abstand nach unten hatte er mit seiner Kniehöhe definiert. Er sah eher wie ein Roboter aus als er da so herum klopfte. Die Abstände zwischen den Punkten auf denen er klopfte waren von der Länge des Hammerkopfes bestimmt. Sehr schlau denn er wollte ja alles nachprüfbar machen falls die

Außenhaut irgendwelche Reaktionen zeigte. Er bewegte sich von Süd in Richtung West, also im Uhrzeigersinn. Tong – Tong, und so weiter.

Sergej hatte derweil die Geräte aufgebaut. Die erste Untersuchung ergab, dass es innen Hohlräume gab.

„Dimitrie", rief er „. . . es ist innen hohl. Es hat eine Außen hülle von genau 11,3 Zentimeter. Aber innen sind unterschiedliche Dichtverhältnisse angezeigt. Hörst du?"

„Ja, ich bin ja nicht taub! Du brüllst so laut das man dich bis zur Erde hören kann."

Pause. „Also ich kann hier nichts feststellen, " brummte Dimitrie in seinen nicht vorhanden Bart. „Alles ganz normal – keine besonderen Vorkommnisse oder Ergebnisse."

„Was sagst du?"

„Alles in Ordnung!" brüllte Dimitrie hinüber zu Chris. Also weiter ´Tong, Tong`. Chris machte gerade Fotoaufnahmen mit der HD-DG, als es geschah. Vermutet hatten wir alle das dieses Ei etwas Außergewöhnliches war. Aber niemand hatte gewagt es auszusprechen.

Unsere Gedanken waren, dass die Marcies sich hier auf dem Mars entwickelt hätten. Niemand wollte als Trottel dastehen. Daher schwiegen wir alle über die Möglichkeit dass sie vielleicht wie wir von einem anderen Planeten kommen könnten.

Das ist manchmal so unter Wissenschaftlern. Sich nur nicht lächerlich machen.

„Ich mach mal ´ne Pause. Hast du Hunger?" fragte Chris. „Ja, gib mir mal zu essen und zu trinken." Sie trafen sich da wo Dimitrie die Außenhaut abgeklopft hatten. „Was meinst Du was das hier ist? Vielleicht das Frühstücksei eines Riesen, oder die Eierhandgranate eines Intergalaktischen

Krieges?" „Keine Ahnung", sagte Dimitrie und klopfte, mit dem Ellenbogen drei Mal gegen die Außenhaut.

Sie hatten sich mit dem Rücken zum Ei in den Sand gesetzt. „Klingt massiv und nicht hohl. Was ist das nur für ein Material?" Sie hatte nicht bemerkt, dass sich eine Platte von etwa zwanzig mal zwanzig Zentimeter lautlos hinter ihnen aus der Außenhaut löste. Sie wurde von zwei ovalen Verbindungsstücken gehalten. Sie schob sich eng an der Außenhaut entlang nach oben und gab vier von innen leuchtenden Scheiben frei. Sie hatten jede ihre eigene Farbe.

Rot, Gelb, Blau und natürlich Grün. Chris bemerkte die Öffnung als erster in dem Augenblick als er aufstand.

„Schau mal! Das Ding hat sich geöffnet. Das Ei hat Risse! Schau doch nur!" Dimitrie sprang auf die Füße und guckte sich die Öffnung mit den vier Scheiben an. Er stammelte andachtsvoll vor sich hin: „Ich wusste es, irgendwie hat es einen großen Nutzen. Es muss einen Zugang zu diesem Ding geben. Schau doch die vier Kreise sehen aus wie Druckknöpfe in einem Fahrstuhl.

Wollen wir mal draufdrücken? Mal sehen was passiert? Vielleicht müssen wir eine Kombination eingeben?"
„Warte mal", Dimitrie hatte Einwände – war ja klar. „Nicht so voreilig, Dicker! Wir sollten das erst mal analysieren und keine Schnellschüsse aus der Hüfte raushauen."
„Ach, Du gehst mir auf die Nerven. Ich drücke jetzt nacheinander die Knöpfe und wir sollten dann sehen war passiert."
„Aus der Distanz aber bitte schön.
Wir nehmen einen Aluminiumstock von der Ausrüstung und gehen so weit wir können vom Ei weg. Wir müssen vorsichtig sein."

Also, sie einigten sich auf dieses Vorgehen. So standen sie immerhin zwei Meter fünfzig vom Ei entfernt und drückten mit dem Stab eines der Ständer der Untersuchungsgeräte auf die Kreisrundenflächen die sich ihnen geoffenbart hatten.

Erst Rot Gelb Blau und Grün. Dazwischen einige Sekunden Pause.

„Nichts Genosse, es geschieht nichts!"

„Warte mal, vielleicht das Ganze zurück?" Aber da passierte nichts. „Vielleicht müssen wir doch näher ran und die Flächen berühren. Vielleicht reagieren sie auf Wärme?

Es könnten Wärmesensoren eingebaut sein. Was sagst du?"
„Na klar, möglich ist es schon. Willst du deinen Handschuh ausziehen und drauf patschen? Na los, sei mutig!"
Also zog Dimitrie die Handschuhe aus und begann darauf loszudrücken. Immerhin leuchteten die Knöpfe bei Berührung kurz auf. Aber es geschah nichts. Zuerst ging er sehr zaghaft vor. Dann als nichts geschah wurde er mutiger und somit schneller. Am Anfang merkte er sich die Kombination. Doch später wurde es ihm egal. Ihm kam eine Idee.

„Chris, los komm. Du musst die Eingaben die ich mache filmen. So können wir später nachvollziehen in welcher Reihenfolge wir zum Erfolg gekommen sind."
„Zum Erfolg von was?" wollte Chris wissen. „Na ich denke, dies ist kein Rasenmäher sondern ein Versammlungsraum für die Marcies oder ähnliches. Zumindest gibt es sicherlich einen Zugang in das Innere dieses Dinges."

„Und den müssen wir finden?"
„Korrekt Genosse, genau den finden wir!"

„Hör auf mich Genosse zu nennen."

„Also gut, schalte den Filmapparat ein und halte das Objektiv auf die vier Tasten."

So geschah es und Dimitrie erzählte laut vor sich hin die Farbkombination die er drückte:

„Rot rot grün blau blau gelb. Pause. Rot rot blau blau gelb. Schluss. Jetzt nehme ich mal blau rot rot grün grün gelb und noch mal gelb. Pause. Waaarten. Es geschieht nichts."

So ging es eine ganze Weile. Jedoch nichts geschah. „Du, es könnte doch sein, dass dies irgendwelche andere Dinge für einen ganz anderen Zweck sind." Sagte dann Chris leicht frustriert.

„Hör auf mit dem Kram. Mein Arm wird langsam müde vom ab filmen deiner erfolglosen Versuche Zugang zu diesem Ding zu erhalten. Wer weiß, vielleicht ist dies ein großer Getränkeautomat. Nur wir meinen es ist der Code für einen Eingang. Und wenn es nicht zu einem Eingang führt bekommen wir bestenfalls einen Becher Tee oder Kaffee!"

024 Bitte eintreten

„Also gut, du hast recht. Mit System geht es nicht. Also hau ich auf die Tasten ohne Sinn und Verstand. Mir ist es auch egal ob du dies aufzeichnest oder nicht. Hauptsache das Ding öffnet sich und wir können rein. Vielleicht gibt es dann für mich auch ein Malzbier." Dimitrie begann wahllos auf die vier Farbanzeiger herum zu tippen.

„Weißt du Dimitrie, ich glaube das ist das Dringsda, also das Raumschiff der Marcies. Ich weiß zwar nicht warum, aber ich habe so eine Ahnung, dass sich dieses Ei dazu nutzen lässt die Schwerkraft zu überwinden und in den Weltraum zu fliegen."

Jetzt war es heraus. Dimitrie schaute ihn an. Aber anstatt ihm einen Vogel zu zeigen oder ihn auszulachen, nickte er nur und gab ihm recht. „Ja, das nehme ich auch an."

Und aus Verzweiflung rief er laut: „Dringsda, Dringsda – öffne dich – öffne deine Tür!" Und kaum hatte Dimitrie diesen Satz ausgesprochen blaffte Chris ihn an: „Du bist ja völlig verrückt!". Doch im selben Augenblick bekam die Außenschicht zuerst feine, dann ganz deutlich sichtbare Risse. Die Fläche des Umrisses war etwa siebzigmal siebzig Zentimeter groß.

So etwas wie eine Tür öffnete sich neben den Eingelassenen farbigen Flächen.

Gehalten wurde diese Tür – ja wovon eigentlich? Sie konnten nichts entdecken. Waren es magnetische Kräfte die hier wirkten? Sie wussten es nicht. Eines war jedoch sicher:

Der Zugang war da, vor ihren Augen. Chris schaute als erster in die Öffnung hinein. „Ich komme mir vor wie Howard Carter bei der Öffnung des Grabes von Tut - anch - Amun."

„Und", wollte Dimitrie wissen, „ . . . was sehen sie Carter?"

Chris antwortete nicht, wie damals Carter: ´Ich sehe wunderbare Dinge`. sondern: „Ich sehe gar nichts. Alles Stockdunkel hier." Vielleicht hältst du mal deine Hand hinein. Vielleicht löst du dann eine Lichtquelle aus."

Chris nahm einen der Alu-Stöcke und steckte ihn in den dunklen Schacht hinein. Und siehe da, ein diffuses Licht kam von den Wänden. Gaaanz langsam wurde es heller.

„Na also. Das ist die Chance. Auf geht's. Bitte einzutreten." Dimitrie bückte sich und zwängte sich durch die kleine Tür in das Innere des Eies. Er kroch auf allen vieren den Gang entlang. Dieser endete nach einigen Metern und er mündete in einen Raum etwa halb so groß wie ein Tennisfeld. Chris folgte und als beide durch waren und auf ihren Füßen standen schauten sie sich um.

Der Raum war schmucklos. Es befand sich absolut nichts in ihm. Eine kaum sichtbare Tür war in einer Wand erkennbar von einem Rahmen umgeben.

„Aha, so ist das also hier drin. Keine Bilder an der Wand. Aber auch keine Schaltzentrale oder so hier. Und was ist das?" Dimitrie zeigte auf den Rahmen an der Wand.

„Ich weiß es nicht, aber ich schau mal, ob die Luke noch auf ist für uns oder wir in der Falle sitzen wie die Maus auf dem Dachboden." Er schaute den kleinen Gang hinauf. Aber die Luke war noch auf. „Alles in Ordnung. Wir können noch raus wenn wir wollen. Wir sollten unsere Helme holen. Wer weiß – es könnte ja sein, dass wir sie noch brauchen. Was meinst du Dimitrie?"

„Ja gut, hol die Helme." Antwortete dieser in Gedanken versunken. „Merkwürdiger Raum. Die Tür sieht nicht aus wie eine. Eher wie ein wenig Wand einfach nur eingerahmt."

Er klopfte gegen den Rahmen und gegen die Innenfläche. Nichts geschah. Noch mal das Ganze. Inzwischen war Chris mit den Helmen zurück. „Was machen wir mit den Messgeräten?" wollte er wissen.

„Nichts," entgegnete Dimitrie „wir lassen sie draußen und schauen uns erst mal um."

„Ja, wenn es hier etwas zu schauen gäbe. Ich gebe uns fünf Minuten. Wenn bis dahin nichts passiert gehen wir. Einverstanden Genosse?"

„In Ordnung", brummte Dimitrie, „ aber nenn mich nicht Genosse. Ich war nie einer und werde auch nie einer werden. Diese Unverbesserlichen Idioten scheinen ja nicht aussterben zu wollen. Links oder rechts ist doch so egal. Ein Vogel braucht zwei Flügel um zu fliegen. Aber das werden die Menschen wohl nie begreifen."

Chris begann den Raum mit seiner kleinen Kamera zu filmen. Als er damit fertig war trat ein schweigen ein. Ruhe sonst nichts. Beide setzten sich. Die Fläche im Rahmen begann sich zu öffnen.
Zuerst ein kleines Loch genau in der Mitte. Die Wand begann sich um dieses kleine aber immer größer werdende Loch aufzulösen. Mehr Licht kam durch die Öffnung. Na ja, und als eine Art Tür entstanden war, stand in dem anderen Raum – na was wohl? Na klar ein Marcie.

Er trug eine besondere schöne Toga, sie war orangefarben, um seinen dicken Leib und grinste die beiden an. Mit einem wackeln des oberen Teil des Körpers und einen Ruck nach links, wies er meinen beiden Kollegen an, dass sie ihm folgen sollten.
Sie standen auf und folgten dem Marsbewohner langsam weil skeptisch über das Ziel welches die drei nun zustrebten.

025 Bitte anschnallen!

Er führte sie einen Mannshohen Gang entlang der langsam anstieg. Der Gang machte gleich zu Anfang einen Knick nach links und hatte eine Krümmung sodass klar war, dass es langsam nach oben ging. Der Gang endete abrupt mit einem Knick nach rechts.

Er mündete in einen großen Saal. Nein, es war eher eine Halle fast so groß wie das Stadion in dem wir das merkwürdige Spiel gesehen hatten. Aber diese Halle war hoch. Sie nahm wohl fast das gesamte Volumen des Eies ein. In der Mitte auf dem Boden befand sich eine große Schale, ähnlich einer in die man Obst legt und es auf den Wohnzimmertisch präsentiert. In dieser Schale wiederrum lag eine große Kugel und das Ganze stand auf dem Boden dieser Halle auf dem die drei nun die Halle betraten.

Um die Schale herum waren Vertiefungen in den Fußboden gelassen in die wiederrum eine Art Sitzschale befestigt war. In diesen Sitzschalen saßen sie nun - die Marcies. Wie viele da um die Schale mit der Kugel saßen, ist schwer zu sagen. Sie saßen eng bei einander.
Vielleicht waren es vierhundert. Es können auch Eintausend gewesen sein. Der meine beiden Kollegen begleitende Marcie wies ihnen einen Platz zu. Kaum hatten sie sich gesetzt fuhren zur linken Seite des Sitzes ein Gurt aus dem Boden, umschloss ihren Körper und verschwand rechts neben ihrem Sitz im Fußboden.

Es war kein Gurt sondern schon eher eine Metallschiene. Das Licht färbte sich Rot dann Orange und dann Gelb, um wieder zu Rot, Orange und Gelb zu leuchten. Immer abwechselnd.

„He schau nur jetzt sind wir angeschnallt und können hier nicht weg. Herr Marcie lass uns wieder los."

Aber der Marcie hörte nicht. Er war bereits verschwunden und hatte sich höchstwahrscheinlich irgendwo zu seinen Leuten gesetzt. Das Farbspiel setzte sich fort. Es sah schön aus. Beiden war etwas mulmig zu mute. Beide mochten es nicht dort angeschnallt zu sein und sich nicht bewegen zu können.

„Chris, die haben uns nun hier angebunden. Was soll das? Sind wir hier im Gefängnis? Werden die uns entführen und vom russischen Staat ein Lösegeld fordern?" Wir alle hatten gelernt während unserer Ausbildung zum Kosmonauten mit starken Gefühlen umzugehen. Wir mussten vorher natürlich erst begreifen, dass die Gefühle präsent waren. Wir hatten gelernt sie zu benennen und sie zu kategorisieren.

Die ersten beiden Kategorien waren erstens gut oder zweitens schlecht für mich. Wenn gut – dann momentanen Gefühlszustand behalten. Wenn schlecht – dann den momentanen Gefühlszustand loswerden. Bei dem Gefühlszustand der Angst konnte eine Reaktion Flucht aus der Situation sein. Eine andere hätte ebenso der Angriff sein können.

Sind beide Möglichkeiten nicht durchführbar, bot sich noch wenigsten eine dritte an, nämlich die Überspielung der Angst durch Aktivität nach außen. Dies konnte zum Beispiel in Ablenkung des angstbesetzten Geistes erfolgen. Und so war es bei Chris.

Er stellte unentwegt Fragen und wurde immer lauter und ungestümer. Er hatte also die Lektion in der Akademie für Weltraumforschung gut gelernt. „Last mich los, ihr Klabautermänner. Dies ist Freiheitsberaubung. Ich will sofort den Geschäftsführer sprechen. Verbinden sie mich mit dem Präsidenten. Ich will sofort den russischen Botschafter sprechen.

Nein halt – den griechischen Botschafter will ich sprechen. Ich kenne meine Rechte!" Er war kurz vor dem Überschnappen. Dimitrie war ganz ruhig geblieben. Er hatte seine aufkommenden Ängste überprüft und hatte entschieden, dass es nicht einen einzigen Grund gab der Angst Vorschub zu leisten.

„Hör auf hier überzuschnappen! Chris, hör auf dummes Zeug zu plappern. Es ist überhaupt nichts passiert. Sie haben uns nur angeschnallt. Dies geschieht sicherlich zu unserer Sicherheit. Wenn sie etwas Böses mit uns vorhätten, wäre dies schon lange geschehen."
„Aber", unterbrach ihn Chris, „sie wollen uns entführen. Ich habe es sofort gewusst. Dies ist ein Flugobjekt! Du wirst sehen! Das Ei des Faberge´ ist ein Flugobjekt! Vielleicht sind wir in eine interplanetarische Verkehrslinie eingetreten und fliegen gleich zum Pluto oder noch weiter weg. Ich habe zwar von dem Risiko gewusst, aber dass diese Möglichkeit eintreten würde, hätte ich nie gedacht. Ich will meine Mama und meinen Papa wiedersehen!"
Dimitrie war es jetzt zu viel. Er beugte sich zu seinem Kollegen herüber und schüttelte ihn wie einen jungen Obstbaum kräftig durch. Und dies half jedoch nur für kurze Zeit.

„Du kleines Schaf, wach auf! Wenn du nicht vernünftig wirst. Schmeißen sie dich noch aus dem Bus und du musst den Weg alleine nach Hause gehen. Ich blieb nämlich hier!"

Ein Marcie kam des Weges. Er watschelte die lange Reihe entlang bis er vor Chris stehen blieb, sich ihm zuwendete und da Chris immer noch panisch irgendwelches Zeug plapperte spreizte er ein Patschehändchen von seinem runden Körper ab um es gleich wieder an seinen Körper anzuschmiegen. Und plötzlich wurde Chris völlig ruhig. Er verwandelte sich. Aus einem hysterischen jungen Mann wurde ein in sich ruhender seliger Reisender. Was die kurze Handbewegung eines Marcie alles auslösen konnte. Er ließ die folgenden Ereignisse geschehen ohne auch nur einen einzigen Piepser von sich zu geben.

026 ... and lift off!

Die Kugel die in der Mitte der großen Halle lag war schön anzuschauen. Sie glänzte manchmal anthrazit im matten Licht in welchem die runde Halle getaucht war. Die Marcies saßen auf den kleinen Sitzen um die Kugel in engen Reihen um sie herum. Das Farbenspiel, das am Anfang zu sehen war, war nun verschwunden.

„He, Chris, wie geht es Dir?" wollte Dimitrie wissen.
„Gut", kam knapp die Antwort zurück. „Mir geht es gut. Ich hoffe es geht bald los. Die Farben sind verschwunden, wie schade."

„Was meinst Du mit, es geht bald los? Meinst Du wirklich wir heben gleich ab?" fragte Dimitrie ganz bewusst. Er hoffte auf eine Antwort durch die „Fliegenden Gedanken". Er konnte sich natürlich nicht sicher sein ob die Antworten von Chris oder von dem Geist kamen der auf unsere Fragen die Antworten parat hatte.

„Na klar ist dies ein Raumschiff, wirst schon sehen." Die Farben waren nun weg und ein mattes helles Weiß erleuchtete die gesamte große Halle. Es dimmte herab und wurde schwächer, wandelte sich ein rotorange, also eine aktive Farbe. Chris schaute sich um. Er wollte alles ganz genau se-hen und miterleben.

Denn schließlich wird man nicht alle Tage von Marsbewohnern in einer großen Halle welches sich in einem überdimensionalen Ei befindet auf einer Sitzschale festgeschnallt und per Handbewegung zu Räson gebracht. Die Innenwände veränderten ebenfalls ihre Farbe. Von einem Matt-schwarz wurde es zu einem milchigem weiß. Jedoch nicht die gesamte Wand sondern nur ein Streifen in Augenhöhe in einer Breite von zirka einem Meter veränderte sich. Und plötzlich war dieser Streifen transparent. Man konnte hindurch gucken! Beide sahen sie die große Höhle in der das Ei stand.

Die große Kugel, die sich auf der viel zu großen „Obstschale" befand, begann sich zu bewegen. Sie rollte und zwar in stets größer werdenden Kreisen um ihren ehemaligen Standort. Sie rollte und rollte und wurde ganz langsam schneller und schneller. Ein leises Summen begleitet von einem leichten Brummen war zu hören.

Die Kugel erhob sich von der Schale, erst ein ganz kleines Stück, kaum sichtbar, dann deutlich mehr! Sie stieg nach oben zur Decke der Halle!

Sie verharrte unter der Decke. Und nun fing das Ei an sich zu bewegen. Dies konnten die beiden nur feststellen indem sie nach außen schauten und sahen wie die Höhlenwände langsam an ihnen vorüberzogen.

*   *   *

Sergej und ich waren immer noch im Shuttle. Wir verbrachten die Zeit mit Schachspielen. Ich war kein so guter Spieler wie Sergej.

Er gewann fast jedes Spiel, gleichgültig ob er mit Schwarz oder Weiß spielte. Ich konnte nur lernen. Oft spielte ich mit dem Computer. Hier konnte ich einmal gesetzte Züge, die mir den Verlust eine meiner Figuren, oder sogar das Aus für mich bedeuteten zurücknehmen. So gewann ich oft genug gegen den Computer. An diesem Tag war es frustrierend für mich. Ich hatte fünf Spiele gegen Sergej verloren.

„Ich gebe auf. Heute ist meine Frustrationsgrenze sehr niedrig angelegt. Du gewinnst ja immer." Mit einem leichtem Lächeln auf den Lippen fing nun Sergej an mich zu belehren:

„Du musst Deine Figuren noch besser ins Spiel bringen. Wie euer ehema-
liger Nationaltorhüter immer wieder seine Mitspieler anschrie: 'Raus,
raus`, so musst Du es auch machen. Deine Figuren müssen raus. Auf das
Spielfeld, da gehören sie hin. Bei gleichzeitigem Beobachten des Gegners
darfst du nicht deine Verteidigung aufgeben. Du musst auch schauen was
dein Gegner . . ."
„Ach sei ruhig! Ich bin eben Anfänger und bleib` auch einer. Ich schmolle
jetzt!" Ich hatte ihn bei seinen Schulmeistereien unterbrochen und war
aufgestanden.

Manchmal trieb mich Sergej zur Weißglut. Seine Arroganz mir gegenüber
machte mich aggressiv. Wenn wir auch alle ob der Begegnungen mit den
Marcies in Hochstimmung waren, so waren wir auch gleichzeitig recht
angespannt. Ich schaute aus dem kleinen Fenster unseres Raumfahrzeugs
nach draußen, legte meinen Kopf auf beide Fäuste ab und brummte ir-
gendwas in mich hinein. Ich schaute in die Ferne auf einen weit entfernten
Hügel.

Die Landschaft war zwar karg aber auch auf eine Weise schön. Sie
schimmerte in allen nur erdenklichen Rottönen vor sich hin. Dieser Anblick erfüllte mich mit Frieden. Ich war so versunken im Frieden die diese
Landschaft für mich ausstrahlte, dass ich erst mit einiger Verzögerung
wieder in die Gegenwart zurückkam.

Also, vor diesem weit entfernten Hügel bewegte sich etwas. Es sah aus als
wenn ein Pilz aus der Erde wuchs. Langsam, ganz langsam. Ich schaute
hinaus und wusste nicht wie mir geschah. Ich starrte dieses Ding an das
mir irgendwie bekannt vorkam und sagte zuerst nichts zu Sergej.

Es kam mir bekannt vor, ja wie ein alter Bekannter und das ich es sah
schien mir vollkommen logisch. Als dieses Ding, das aussah wie ein sehr

großes Ei fast zu Gänze aus dem Boden gekommen war, zog ein Gedanke in meinen Geist.

Ich sollte Sergej Bescheid geben. „Äh", Pause. „Äh, Sergej. Komm doch mal her. Da is` was."

„Na was soll schon sein da draußen. Der Sonnenuntergang oder was?" „Nein, komm doch mal her und schau dir dies Mal an." Ich redete sehr langsam als ob ich in Trance war. Ich schaute nicht weg sondern hielt meine Blicke stur nach vorn aus dem Fenster. Ich wollte nichts verpassen. „Sergej komm jetzt her"!

rief ich. Er stand ganz langsam auf und brummte so etwas wie: „Was-will-der-denn-jetzt-schon-wieder. Kann-der-nich`-ma`-Ruhe-geben?" Er trat neben mich.

„Du musst mich schon mal ans Fenster lassen, wenn ich gucken soll!" Ohne ein Wort zu sagen und ohne den Blick von dem Ding da zu lassen, trat ich zurück und bot ihm mit meinem Arm meinen Fensterplatz an. „Potz blitz, das Ei des Faberge´ kann fliegen! Ich hab`s gewusst! Die Marcies haben ein Raumschiff um den Mars zu verlassen!"

Beide verfolgten wir nun dieses Schauspiel, das sich immer noch langsam vor unserem Shuttle abspielte. Das Ei hatte den Marsboden völlig verlassen und schwebte nun fast bewegungslos über dem Boden. Er neigte die Spitze nach links und dann nach rechts. Die Spitze begann zu schwanken – in alle Richtungen – als wenn es gleich umkippte. Die Schwankungen wurden kleiner und schneller. Es sah aus als wenn es tanzen würde. Und dann schoss es mit einem irren Tempo durch den Marshimmel davon. Futsch – weg war das Ei!

Sergej drehte sich langsam zu mir um. „Äääh . . ." Ich zuckte nur mit den Achseln.

So etwas! Schon wieder! Welche Überraschungen würde dieser Planet noch für uns bereithalten? Mir fiel das Lied der Sesamstraße ein: „Wieso, weshalb, warum? Wer nicht fragt bleibt dumm!" Aber wen sollten wir fragen? Vielleicht Chris und Dimitrie? Es konnte doch sein, dass sie mehr wussten.

„Wir müssen Kontakt zu den anderen aufnehmen. Wir müssen ihnen berichten. Los Sergej, beweg dich zum Funk und versuch einen Kontakt herzustellen." Er schaute sich verdutzt um so als ob er aus einem langen Schlaf erwachte.
„Ja, na klar. Was sonst. Kontakt herstellen." Er hatte sich bereits zur Komkonsole aufgemacht, als er sich noch mal umschaute und aus dem Fenster sah, so als wolle er sich vergewissern dass das Ei auch wirklich weg sei. „Es ist weg", sagte ich.
„Nichts mehr zu sehen." Ich hatte meinen Platz nicht verlassen. Sergej versuchte nun über Intercom Chris und Dimitrie zu erreichen. Aber vergebens. Er versuchte es immer wieder. Nichts. Keine Antwort.
„Wieso melden sie sich nicht? Meldet euch doch!" Er schrie verzweifelt in das kleine Mikro.

„Sie können dich nicht hören, sie sind weg." Fast resignierend kamen mir diese Worte über die Lippen. Er starrte mich an, kam auf mich zu und aus nächster Nähe brüllte er los: Was soll das heißen?
Sie sind weg. Spinnst Du?"

„Brüll mich nicht so an! Sie sind im Ei! Sie sind weggeflogen. Ich spüre es. Ich weiß es! Sie sind da drin, verstehst du das? Ab durch die Mitte. Die sehen wir so schnell nicht wieder."
„Quatsch nicht so viel Blödsinn! Wir müssen uns aufmachen und sie suchen. Am besten gehen wir beide. Wir dürfen nicht auch noch getrennt werden. Und zwar gehen wir jetzt.

Los beweg dich! Ab in den Raumanzug! Wir nehmen das Automobil und fahren zum Eingang des Höhlensystems und verfolgen ihre Spur."

Ich wusste nicht warum, aber ich glaubte zu wissen dass sie beide im Ei saßen. Waren dies wieder die Gedanken von den Marcies oder sonst irgendetwas oder – jemand die mir in den Schädel kamen? Sergej war außer sich. Da er nicht zu beruhigen war gab ich nach und wir zogen die Außenanzüge an und gingen durch die kleine Schleuse hinaus.

War es Abend? Ich weiß es nicht. Wir wollten mit dem MAM fahren, doch da erkannten wir, dass es ja gar nicht da war.

Dimitrie und Chris hatten es ja genommen und damit die ganzen Messinstrumente transportiert. Also zu Fuß. So konnte sich wenigsten ein Teil des Adrenalins bei Sergej abbauen. Er war natürlich am fluchen weil es ihm nicht schnell genug ging.

027 Suchen – aber nicht finden!

Als wir das Tunnelsystem durchquerten begegneten wir keinem einzigen Marcie. Dies war merkwürdig.

Aber schließlich suchten wir unsere beiden Kumpel. Als wir die Halle betraten in der das Ei hätte stehen müssen, war diese natürlich leer. Ohne das Ei wirkte die Halle noch größer. Sie erschien riesig. Wir fanden die Messinstrumente der beiden. Sie standen da als ob sie die beiden gerade erst dort hingestellt hatten und gleich wieder kommen würden. Nichts schien außergewöhnlich zu sein. Sie waren noch intakt.

Keine Spuren eines Kampfes oder ähnliches. Sergej war niedergeschlagen. Es schien sich für ihn zu bewahrheiten das ich recht hatte. Das Ei war weg. Dimitrie und Chris waren es auch. Die Instrumente aber nicht. Wir setzten uns auf den Boden.

„Ich kann es nicht glauben", begann Sergej. „Ich werde weiter suchen. Aber wo soll ich denn suchen? Es ist aber auch niemand von den kleinen Männchen da. Na, die könnten jetzt was erleben. Einfach so unsere Kumpels mitnehmen!" Ich sagte nichts. Ich wollte ihn nicht reizen.
„Und du, du sagst nichts! Die können doch nicht entführt worden sein? Einfach so."
Ich dachte so bei mir, vielleicht sind sie freiwillig mitgeflogen? Vielleicht sind sie eingeladen worden von den Marcies? Vielleicht gab es an Bord leckeres Essen und Getränke?

Er stand auf, nahm die Messinstrumente, klappte sie zusammen und legte sie in den Karren. Ich half ihm. „Komm", sagte ich, „las uns die Tür dort nehmen und schauen wo sie sind." Beide trotten wir zu einem der vielen Ausgänge und gingen die langen Korridore entlang. Wir kamen wieder an großen Sälen vorbei. In einigen war noch etwas Quatsie-Gemüse. Doch sonst war nichts zu sehen. Keine Kumpels, keine Marcies. „Der Vogel scheint ausgeflogen.

Niemand da." Er hatte recht. „Keine Seele weit und breit. Was jetzt? Wollen wir denn noch lange suchen?" fragte ich den resignierten Sergej. Wir waren ziellos durch die Gänge gegangen und kamen wieder an eine der Türen. Waren wir im Kreis oder Quadrat gelaufen? Denn dies war doch die Tür zur großen Halle in der das Ei gestanden hatte.

„Ich glaube wir sind wieder am Ausgangspunkt angekommen. Die Tür kommt mir bekannt vor." Er öffnete die Tür und wir beide traten ein in die Halle des Faberge´.
Doch was sahen wir zu unserem erstaunen? Nein, nicht die vermissten sondern ein großes etwas das wir schon einmal gesehen hatten. Wieder ein Ei – ein großes fast genauso in der Farbe wie das von uns vormals entdeckte. „Ich werd` verrückt. Da is` ja schon wieder so ein Ding. Ich fass es nicht. Heiliger Strohsack wo kommt denn das Ding her?" Ich war genauso platt wie er.

Schon wieder so ein wunderschönes Ei. Wir wussten zuerst nicht ob wir in einer neuen Halle waren oder ob dieses Teil ein anderes war und wir uns also in derselben Halle wie vorhin befanden. Es half auch kein Vorwurf von mir, dass Sergej doch die Instrumente hätte stehen lassen sollen. So hätten wir wenigstens einen Anhaltspunkt gehabt. Es dauerte nicht lange als sich das Ei bewegte. Besser gesagt, es öffneten sich mehrere Klappen. Diese Türen, oder so, klappten nach oben und nach unten.

Dann ertönten einige Gong Töne die mich an das Pausensignal meiner Schule erinnerten. Nun hüpften aus jeder der Öffnungen Marcies. Etwa im Sekundentakt kamen sie heraus. Sie wattschelten im Gänsemarkt je eine

Reihe aus jeder Öffnung des Eies in Richtung je einer Ausgangstür der Halle. Irgendwie schienen sie glücklich auszusehen. Da wir uns zwischen zwei Ausgänge gestellt hatten und so niemanden im Weg standen, beachteten sie uns nicht.

Die Marcies verließen so langsam aber stetig die Ankunftshalle. „Na was sagst du dazu?" wollte ich von Sergej wissen. „Ach lass mich doch in Ruhe. Ich bin müde. Diese Marcie gehen mir auf die Nerven. Vielleicht sind ja Chris und Dimitrie mit an Bord. Gesetz den Fall du hast recht und beide sind doch an Bord gewesen. Vielleicht haben sie ja eine Rundreise gemacht und sind nun wieder hier." Keiner der runden Wattschell-brüder würdigte uns eines Blickes.

Ich weiß rückblickend auch nicht, warum wir nicht sofort einen dieser Männchen fragten ob er über den Verbleib unserer Kollegen Bescheid wüsste. Wir standen also da wie zwei Typen die am Flughafen auf ihre Verwandten warteten. Wir waren müde und so machten wir uns auf den Heimweg. Ich versuchte dann aber doch noch mit einem der Marcies verbal Kontakt aufzunehmen. Vergebens. Er würdigte mich nicht eines Blickes oder auch nur einer Reaktion.

„Hallo entschuldigen sie bitte, wir suchen unsere beiden Kumpels. Wissen sie, äh, zufällig wo sie sind?" So als wenn ich Luft wäre ignorierte mich dieser dicke Mopps.

„Soll ich ihm eine Backpfeife verpassen?" fragte mich Sergej.
„Bist du verrückt geworden? Lass das!" warnte ich ihn, „wir wissen doch gar nicht ob sie wirklich entführt wurden. Und vielleicht haben diese Jungs hier mit ihrem Verschwinden nichts zu tun. Und außerdem sind sie viel mehr als nur du und ich. Kapiert? Sie sind in der Überzahl du blöder russischer Bär."

Sergej schaute mich böse an, aber er hatte mich verstanden.

„O.K.", sagte ich. „Lass uns zurück zum Shuttle. Ich glaube wir sollten uns ausruhen. Die letzten Tage waren etwas anstrengend für uns. Vielleicht sollten wir ein Beruhigungsmittel nehmen und mal richtig ausschlafen."

Ich wollte eine Eskalation der Situation unbedingt vermeiden. Sergej nickte und so machten wir uns auf den Weg zurück mit den beiden Karren. Wir nahmen diesmal den Weg zum MAM und fuhren bequem nach Hause.

028 Ausruhen im Shuttle (Chill out)

Wir waren wirklich fertig. Die Ruhe tat uns gut. Sergej probierte es noch einige Male Kontakt mir den beiden vermissten aufzunehmen. Aber vergebens. Sie meldeten sich nicht. Wir sendeten eine Nachricht zum Missioncenter. Wir erklärten aber nicht, dass wir annahmen das Chris und Dimitrie entführt wurden. Wir sagten lediglich dass sie bei einem Ausseneinsatz verschwunden seien. Und dies stimmte ja auch. Sie forderten uns auf einen Bericht zu schreiben und unverzüglich alle Details darin aufzuführen.

Wir gaben an, dass wir den Bericht schreiben und sofort senden würden. Aber wir nahmen beide erst mal ein Beruhigungsmittel nach dem Essen, hörten dann die Orchestersuiten von Bach und von Händel einige Orgelkonzerte. Wir sagten uns immer wieder dass es ihnen gut ginge – wo auch immer sie sich aufhalten würden. Wir mussten einfach so mit dieser Situation umgehen.

Alles andere wäre Panikmache und unüberlegt gewesen. Sonst wären wir dem Nervenzusammenbruch immer näher gekommen. Wir ließen das Kom. auf Empfang. Hätten also einer der Vermissten uns kontaktiert wäre gleichzeitig ein Sirensensignal durch das Shuttle gedröhnt. Aber es tat sich nichts und so schliefen wir beide in unseren Kojen sehr lange und zwar sieben Stunden. Dies war recht viel in Anbetracht der vergangenen Erlebnisse.

Ich hoffte inständig, dass nicht etwa   einer der Marcies auf die Idee käme uns zu wecken um uns zu verstehen zu geben wo sich die beiden aufhielten. Es war ein riesen Nachteil, dass wir so weit weg von der Erde waren. Niemand konnte uns helfen und uns einen geeigneten Vorschlag machen was zu tun sei. Aber dieser Nachteil konnte auch ein Vorteil sein. Es gab keine Kommandohierarchie.

Gut dass niemand da war, der uns über die Marsoberfläche zum Suchen gescheucht hätte. Keine Generäle, Direktoren, Chefs, Lehrerinnen oder ähnliches die uns Aufgaben diktierten. Wir waren auf uns gestellt. Wir waren autark und fällten unsere Entscheidungen selber auf unsere Verantwortung. Dies war gut und sogar vom Planungsstab der Mission so gewollt. Also nach dem Aufstehen erst mal Energie getankt. Wir Frühstückten in aller Ausgiebigkeit und Ruhe.

Das Kom. war weiterhin eingeschaltet in Verbindung mit der Alarmfunktion. Wir hörten leise von Mozart das Konzert für Harfe und Orchester. Sehr schön. Alles andere hätte uns noch zu sehr aufgeregt. Aber wo waren sie nur??

*   *   *

029 Und im Ei? (Tomaten- oder Orangensaft)

Chris und Dimitrie saßen immer noch angeschnallt in ihren Schalensitzen und beobachteten den Start des Dringsda also des Ei.

Als das Ei die Halle verlassen hatte, begann es ja über der Marsoberfläche zu schweben und neigte sich in alle Richtungen so als ob es noch nicht genau wusste wohin die Reise gehen würde. Dann schoss es mit hoher Geschwindigkeit vom Mars weg. Dies hatten Sergej und ich ja auch aus dem Shuttle heraus gesehen.
„Chris, Christos! Der Mars wird immer kleiner. Wohin bringen sie uns?"

Seine Worte waren fast gelallt. So als wenn er leicht betrunken und müde war. „Hä, hä die fahren mit uns Schlitten und – schau nur – der Mars ist weg! Mir ist es auch alles so egal. Was sagst du dazu?"
„Es erinnert mich ein wenig an unseren Flug von der Erde. Nur haben wir damals mit Wodka angestoßen als wir die Umlaufbahn erreicht hatten."
„ Die Umlaufbahn! Ja richtig, hier gibt es aber keine. Sie fliegen mit ihrer Rakete direkt nach oben – und weg. Einfach so! Durch welchen Antrieb erreichen sie so hohe Geschwindigkeiten?!"
Kein Mars mehr in Sichtweite. Weit entfernte Sterne waren durch das große Fenster zu sehen.
Da kam ein Marcie den Gang entlang. In seinen Händchen hatte er ein Tablett auf dem vier Becher standen. Sie sahen recht klobig aus und waren wie aus milchigem Glas. In zwei von ihnen war ein roter Saft. In zwei von ihnen ein gelber Saft. Er bog in die Reihe von Chris und Dimitrie ein, ging zu ihnen und präsentierte ihnen die Gläser. Ohne irgendetwas zu sagen. Chris nahm einen gelben und einen roten Saft – ebenso Dimitrie.

„Schau ma für uns. Eine nette Stewardess wäre mir aber lieber gewesen."

Sie hatten beide die Säfte getrunken. Und sie wurden müde, sehr müde und schliefen ein. Als sie aufwachten wussten beide nicht wie lange sie geschlafen hatten. Inzwischen waren die Gurte verschwunden.

„Komm, sagte Chris. „Lass uns aufstehen und die Beine vertreten. Ich muss außerdem mal für kleine Jungs. Ich hoffe die haben eine Toilette an Bord sonst muss ich in die Ecke pinkeln."
„Schau mal", Dimitrie zeigte auf ein Schild auf dem drei sich überlappende Kreise abgebildet waren.

„Vielleicht geht es dort zur Herrentoilette. Ich probier`s mal aus. Also dann gehe wir mal ne` runde Pippi machen." Sie war nicht groß – die Herrentoilette, gerade zwei Urinale waren drin. Sehr gedämpftes Licht und rotbraune Töne gehalten. Nachdem er sich erleichtert hatte verließ er den Raum. Hände waschen ging nicht, weil keine Möglichkeit da war.
„Was nun? Wollen wir wieder auf unsere Plätze oder lieber ein wenig umher schweifen in diesem fliegendem Ei?"

„Ein bisschen rumschauen", erwiderte Dimitrie. „Neugierig bin ich schon. Wann bekommt man schon die Möglichkeit sich so ein Dringsda von innen genau anzuschauen. Vor allem mitten im Flug! Sie haben ja eine Technologie die wir nicht haben! Also Forschergeist mache dich auf den Weg und lerne. Also komm mit Platon, so eine Gelegenheit bekommen wir in tausend Jahren nicht mehr."

Doch ihre Neugier konnte nicht befriedigt werden. Sie liefen hierhin und dorthin, liefen alle Wege ab die sie im Ei fanden. Doch nichts Neues war für sie dabei. Die Sterne zogen weiter am Ei vorbei. Die Marcies saßen fasst alle auf ihren Plätzen und ab und zu stand einer auf und ging zu der Toilette. Ab und zu kam einer vorbei und brachte den anderen Getränken. Die Kugel schwebte weiter unter der Decke und bewegte sich kaum.

So verging einige Zeit. Wie viel konnten die beiden nicht feststellen, denn die Datenermittlung in ihren Computern funktionierte nicht. Wenn sie müde wurden schliefen sie auf ihren Plätzen ein. Als sie erwachten war alles wie bisher. Nichts war geschehen.

030 Die Landung auf dem Planeten . . . (The egg has landed)

Doch dann spürten sie, dass das Ei eine enge Kurve zog. Die Kugel unter der Decke hatte sich auf eine Seite gedreht.

Plötzlich gab es einen Ruck und das Ei stand. Keine Vorbeiziehenden Sterne mehr. Das Ei schob sich langsam in entgegengesetzter Richtung. Eine Planetenoberfläche wurde sichtbar. Grauer, größer, über die gesamte Breite des Sichtfensters.
„Was jetzt?" fragte Chris. „Gar nichts. Wir warten ab und lassen die Dinge auf uns zu kommen. Mir scheint das Ding landet mit dem Hintern zuerst und somit zurück in die Ausgangsposition."

Und so war es auch. Die Planetenoberfläche kam immer näher. Sie wurde größer und größer. Einzelheiten auf der Oberfläche waren zu erkennen. Eine leichte hügelige Landschaft in grau und ockerfarben präsentierte sich den beiden. Dass sie überhaupt etwas sehen konnten lag an einem hellen Punkt das sich in großer Entfernung befand. Was sie nicht sehen konnten war, dass dieser helle Punkt aus zwei Sonnen bestand die umeinander kreisten.
Ein Doppelstern also.
Ich vergas. Vorher, also auf dem Weg zu diesem grauen Planeten war ihnen ein weiteres fliegendes Ei begegnet. Beide waren mit ihrer hohen Reisegeschwindigkeit fast aufeinander zugerast und waren dann sich verlangsamend in eine Linkskurve und hatten sich in einer Kreisbahn umeinander gedreht. Die Marcies beider Raumschiffe waren an die großen Außenfenster geströmt und hatten zum jeweils anderen Ei hinüber gewunken.
Sie waren außer sich vor Freude.

Sie piepsten und fiepten und klatschten mit ihren Patschehändchen gegen ihre dicken Leiber. „Sie begrüßen einander. Schau mal das andere Ei ist genauso voll wie dieses hier." Dimitrie zeigte mit einer kurzen Kopfbewegung auf das andere Dringsda. Alle Marcies liefen durcheinander. Es ging eine ganze Zeit bis es Chris und Dimitrie zu langweilig wurde und sie sich auf ihren Sitzen niederließen. „Was für eine Ausdauer die haben. Es geht doch bestimmt schon eine halbe Stunde. Dimitrie sag doch was!"

„Ach lass mich in Ruhe. Die gehen mir mit ihrem Kinderkram langsam auf die Nerven. Ich möchte viel lieber wissen wo die uns hinbringen."

Ja das hatte ich ja bereits erzählt. Eben auf diesem grauen Planeten. Diese Begrüßungszeremonie mitten im Weltraum ging noch einige Minuten. Dann lösten sich beide Schiffe von einander und jedes setzte seinen Weg fort. Das eine zum „grauen", das andere – ganz genau – zum Mars! Ja, es war genau das Ei welches Sergej und ich später auf dem Mars begegnete. Doch was passierte weiter auf dem Grauen Planeten?

031 Begrüßung auf dem „Grauen Planeten"

Das Dringsda setzte mit der flacheren Seite zuerst auf den Boden auf. Es stand genauso wie es auf dem Mars vor dem Abflug stand. Während der Landung hatte sich die Kugel die über den Köpfen der Reisenden hing gesengt bis es wieder in seiner Schale lag. Genauso wie vor dem Flug. Nun stand das Ei also wieder und es öffneten mindestens zehn Türen zu denen die Marcies strömten.

Chris fragte: „Was glaubst du wie viele sind es? Dreihundert oder Vierhundert oder mehr?"

„Mindestens vierhundert, schätze ich. Vielleicht auch sechshundert. Schwer zu sagen. Wenn sie so dicht gedrängt sind kann man sie schwer auseinander halten. Wir lassen sie erst mal alle raus und gehen dann mit hinaus. Oder was meinst du?"

Chris kam eine Idee: „Lass uns doch einfach hierbleiben. Ich kenne diesen neuen Planeten überhaupt nicht. Vielleicht – nein ganz gewiss ist dies eine Fährverbindung zwischen diesem und dem Mars Planeten. Es könnte doch sein, dass es bald wieder zurückfliegt. Wir waren blinde Passagiere auf dem Hinflug. Also können wir es auch auf dem Rückflug so machen!"

„Ich sag mal, wir warten mal ab. Wir lassen sie alle aussteigen und schauen dann weiter. Einverstanden?" So geschah es.

Als alle draußen waren und Christos und Dimitrie in dem von Marcies leeren Dringsda saßen, geschah etwas womit sie nicht gerechnet hatten. Es geschah nichts.

Langeweile machte sich breit bei den beiden. Das Sichtfenster hatte sich wieder verdunkelt. Vor dem hatten sie jedoch gesehen wie das Ei in einem Hohlraum unter der Planetenoberfläche hinein glitt. Eine große Halle ähnlich wie der auf dem Mars. Doch nun waren das Fenster dunkel und die Türen wieder geschlossen.

„Ich halt es nicht mehr aus." Fing Chris nach etwa einer halben Stunde an zu sprechen.

„Schade ich hatte mich gerade an die Ruhe und leere dieser Halle gewöhnt. Und nun hältst du es nicht mehr aus. Was willst du? Wir waren gekommen den Mars zu erkunden. Und nun sitzen wir hier auf einem uns völlig unbekannten Planeten und ich glaube wir sollten hier bleiben und abwarten. Und außerdem muss ich mal für kleine Jungs. Ich geh mal. Du bleibst hier – verstanden! Ich will nicht das wir beide getrennt werden!"
„Yes Sir – wie sie befehlen!"

Chris salutierte. Dimitrie stand auf und ging geradewegs zur Toilette. Dort angekommen ging's aber nicht weiter. Die Tür war verschlossen. „Mist, jetzt haben sie das Örtchen geschlossen. Das ist gar nicht nett. Und nun soll ich hier vielleicht einen See . . ."
„Nein nicht!" fiel ihm Chris ins Wort. „Was soll das? Ich geh jetzt raus und schau mal ob die Luft rein ist. Los komm' mit. Hier sind doch die Bürgersteige hochgeklappt, keiner mehr da, wie du siehst."

„O. K. los jetzt. Ich muss mal dringend Pipi.

Vielleicht haben sie auf diesem Trabanten auch eine Toilette für einen russischen Kosmonauten." Beide nahmen ihre Helme unter den Arm und gingen zu einer der geschlossenen Türen die fast unsichtbar in der Wand verschwunden waren. Sie drückten sie auf und stiegen aus dem Dringsda hinaus auf den Boden des unbekannten Planeten. Draußen standen sie und die Tür hinter ihnen schnappte zu. Das Ei stand auf einen kleinen Hügel. Der Boden fiel leicht ab und gab den Blick frei auf eine sehr große Höhle.

Sie war voller Marcies die dicht aneinander gedrängt standen und alle ihre runden Köpfe Chris und Dimitrie zugewandt hatten. Es waren hunderte oder noch mehr. „Wir sind in der Falle!" „Ach Quatsch, halt den Mund! Wenn sich uns hätten fressen wollen hätten sie dies schon lange tun können." Die breiten und schmalen Münder der Marcies bewegten sich leicht und ein sehr schwaches Summen war zu hören. „Schau doch, ihre Münder. Sie reden mit uns!" Das Summen wurde immer lauter und es schwoll zu einem Gebrüll.

Nun verstanden die beiden die mit dem Rücken gepresst an das Ei standen, was die zu groß gewordenen Wollknäule schrien.
„Erdlinge –Erdlinge – Erdlinge . . . ." Chris wollte etwas sagen, doch konnte er nicht. Und Dimitrie hätte sicherlich auch geantwortet. Doch auch er konnte nicht. Sie pressten ihre Beine vor Schrecken in den weichen Boden. Es ging eine ganze Weile so dieses – Erdlinge, Erdlinge. Einfach aber doch rhythmisch wie auf einen Fußballplatz die Fans ihre Mannschaft anfeuern. Dann wurde es leiser und hörte plötzlich auf. Nun fingen die Marcies an zu piepsen und zu klatschen und zu jauchzen. So wie auf dem Flug durch den Weltraum als sie dem anderen Dringsda begegnet waren.

Und dann, nach einigen Minuten, wie auf ein Kommando, hörten alle wieder auf. Sie drehten sich um und gingen alle im Watschelgang in Richtung der Höhlenwände. Wahrscheinlich waren dort Ausgänge wie in der Halle auf dem Mars. Eine Galerie hatte diese Höhle jedoch nicht. Sie war dafür viel grösser. Na, wie dem auch sei. Chris gewann wieder als erster Kontrolle über sein Sprachorgan: „Jedenfalls meinen sie es gut mit uns." „Ja, das ist wohl richtig. Aber müssen sie uns jedes Mal so erschrecken? Was soll das bloß?"

„Vielleicht können sie nicht anders. Du darfst nicht vergessen es sind keine Menschen. Sie kennen unsere Umgangsformen nicht. Und vielleicht ist es ihnen egal ob wir uns jedes Mal erschrecken wenn sie mit uns kommunizieren. Schau sie dir an. Jetzt nachdem sie uns begrüßten, gehen sie wieder ihrer Beschäftigung nach." Die Marcies waren nun fast alle aus der Höhle heraus. „Komm, wir gehen ihnen nach. Es gibt anscheinend etwas zu lernen." Schlug Chris vor.

„O. K. aber nicht so weit weg vom Ei. Ich will den Abflug nicht verpassen."

„Ach du Angsthase. Wir erleben gerade das größte Abenteuer seit Menschengedenken und du willst wieder zurück zum Mars."

„Ja richtig! Du darfst auch die anderen nicht vergessen. Sie suchen bestimmt nach uns und machen sich große Sorgen wo wir wohl abgeblieben sind."
„Ach was gehen mich deren Sorgen an. Hier gibt es einen neuen Planeten zu erforschen und dazu eine uns völlig neue Lebensform.
Die Marcies machen vielleicht einen dummen Eindruck auf uns, aber ich glaube, dass sie sehr intelligent sind. Oder weißt du wie der Antrieb des Eies funktioniert? Ich jedenfalls nicht."
„Ach ja, der Antrieb", seufzte Dimitrie. „Ich weiß es nicht. Die Kugel hebt sich zur Decke empor und schon bewegt sich das Ei in genau derselben Richtung, nämlich von der Kugel weg. Es muss ein Rückstoßprinzip nur in entgegengesetzter Richtung sein. Das Ei folgt der Kugel auf demselben Weg."

„Aber warum Dimitrie? Warum? Es gab keine Verbindung zwischen Kugel und dem Ei. Es sah so aus als die Kugel die Decke vor sich her schiebt, so als wenn eine unsichtbare Feder oder ein Puffer aus Gel oder so dazwischen wäre."

„Wir wissen es nicht. Eine Möglichkeit es herauszufinden wäre in das Ei hineinsteigen und es untersuchen. Aber ich habe so eine Ahnung, dass diese Untersuchung ohne Erfolg wäre. Interessant war, dass es überhaupt kein Motorengeräusch oder ähnliches gab. Alles lief lautlos ab. Silence sil vous plai."

Sie waren beide im Gespräch vertieft den Marcies gefolgt. Die Marcies gingen langsam und sie trotteten hinterher. Den Helm unterm Arm.

032 Inzwischen auf dem Mars

Und was machten wir derweil auf dem Mars? Wir suchten natürlich die Verschollenen. Gänge rauf und runter, durch einige fast leere Hallen, auf der Fußgängerautobahn und auch auf der Oberfläche. Die Bodenstation hatte uns den Auftrag erteilt und wir folgten brav. Aber ohne Ergebnis. Die wenigen Marcies die wir trafen ignorierten uns.

In dem Bericht an die Bodenstation erzählten wir wieder alles vorgefallene, jedoch wieder nichts von den Marcies. Wozu sollten sie über Marcies Bescheid wissen? Sie hätten uns nicht helfen können. Sie waren Millionen von Kilometer von uns entfernt. Wir wussten dies und so blieb es bei unseren eigenständigen Entscheidungen.

Wir suchten auf allen Kanälen, mit dem Intercom, den Augen, Radar, Wärmebildkameras und einem kleinem Hubschrauber den wir über den Marsboden jagten. Er war mit Kameras und Mikrophonen und Erschütterungsanzeigen ausgestattet. Aber nichts geschah. So vergingen die Tage. Suchen, Essen, schlafen und natürlich Schachspielen. So etwas wie Routine stellte sich bei uns ein. Hier und da kamen wir an einer Halle mit Quatsie – Quatsiegemüse vorbei.

Wir nahmen einfach mit was wir brauchten. So schonten wir die Vorräte die wir von der Erde mitgebracht hatten.

Ich untersuchte das Gemüse gründlicher und fand heraus, dass die Angaben von Molybdän und Folsäure recht hoch waren. Warum dies der Fall war, wusste ich nicht. Es hätte natürlich auch ein Messfehler vorliegen können. Aber warum ein Messfehler? Das Labor war neu und kaum benutzt.

Doch plötzlich kam mir eine Idee. Wenn die Marcies über Telepathische Fähigkeiten verfügten, dann sollte ich diese doch für die Erforschung ausnutzen. Also, so dachte ich, raus in ihre Unterwelt und doch mit ihnen das Frage und Antwortspiel spielen. Ich war neugierig. Wir hatten uns genug ausgeruht.

Wir waren fit, vor allem psychisch.

„Los komm lass uns raus zu den Marcies. Da spielen wir wieder das Frage und Antwortspiel. Du weißt schon, die fliegenden Gedanken."

„Glaubst du wirklich dass dies uns helfen kann herauszubekommen was hier los ist? Die sagen uns die Wahrheit? Ich habe da so meine Zweifel. Die interessieren sich nicht für uns und damit Basta." Sergej war stur.

Er hatte sich mit der Situation abgefunden. Er wurde, so empfand ich es jedenfalls, lethargisch. Ich wusste aber was ich wollte und sagte in der Hoffnung ihn für mein Vorhaben gewinnen zu können:

„Ich brauche dich Sergej. Vielleicht können wir ihnen helfen wenn wir das Spiel der fliegenden Gedanken wieder aufnehmen. Du brauchst nur mit zukommen. Alles Weitere erledige ich!"

„Na gut." kam seine Antwort nach einer kurzen Pause der Überlegung. Ich finde es jedoch unverantwortlich dass wir die Bodenstation nicht über die Begegnung mit den Marcies informiert haben. Du siehst was jetzt daraus geworden ist. Christos und Dimitrie sind weg und wir beginnen langsam aber sicher, durch unser Schweigen, eine immer größere Schuld auf uns zu laden.

Jawohl, Schuld. Es ist vielleicht unsere eigene Dummheit gewesen die uns in diese Katastrophe geführt hat. Die Bodenstation hätte es uns vielleicht untersagt das Ei zu untersuchen. Aber nun . . . Dumm gelaufen, und zwar für uns."

Ich ging gar nicht weiter darauf ein. Ich war anderer Meinung als mein Kollege – schwieg aber des Friedens willen. Ich wollte raus zu den Marcies in ihre Höhlen und dort dies Spiel der Fliegenden Gedanken spielen. Wahrscheinlich würde ein Versuch helfen.

033 Christos und Sergej auf dem Grauen Planeten

Als Christos die Marcies an ihm vorbeilaufen lies, kam ihm die Idee, es auf eine andere Art der Kontaktaufnahme zu versuchen. Und zwar mit der groben. Er wollte einen dieser runden Marsbewohner aufhalten und ihn so zwingen auf ihn einzugehen und ihn ernst zu nehmen. Schließlich ging es um Dimitrie und mich. Ja es ging um die Zukunft der Mission! Und so schwang er sich wie ein Footballspieler einem der nächsten Marcies um den ...nein, nicht Hals – denn die hatten ja keinen.

Er warf sich an seinen Körper. Besser – er versuchte es. Aber er scheiterte denn er glitt an diesem runden Körper ab. Na, er prallte sogar ab. Er wurde auf den recht harten roten Boden der großen Halle zurückgeschleudert. „Aua, das tat weh! Warum seid ihr nur so Dickköpfig? Wir wollen doch nur wissen wo unsere Freunde sind. Warum redet ihr nicht mir uns? Ach ja, ich vergaß, eure fliegenden Gedanken." Christos war wirklich sehr wütend. „Aber wir verzichten auf eure fliegenden Gedanken. Wir wollen keine Telepathie oder so. Habt ihr dies verstanden? Wir sind Menschen vom Planeten Erde. Auf diesem Planeten spricht man miteinander denn wir haben Stimmbänder und Ohren!

Diese ermöglichen uns miteinander zu sprechen." Sergej kam zu ihm und half ihm auf. „Lass sie doch, die wollen nichts mit uns zu tun haben. Ich bin schwer enttäuscht von diesen merkwürdigen Wesen. Sie scheinen uns so überlegen zu sein. Doch ich bezweifle dies. Der Schein trügt."

Nachdem einige Zeit vergangen war und die Marcies alle an ihnen vorbei waren, sagte Sergej etwas sehr wichtiges: „Vielleicht sollten wir es doch mal mit den fliegenden Gedanken ausprobieren. Vielleicht ist Telepathie doch nicht so verkehrt. Es könnte doch sein, dass sie nicht sprechen können. Und wenn sie nicht sprechen können, dann können sie auch nicht zuhören. Es wäre doch möglich dass sie daher ausschließlich auf dem

Wege der Telepathie untereinander und so auch mit uns kommunizieren können. Wir sollten es zumindest probieren. Verstehst Du was ich sagen möchte? Wir sollten unsere Enttäuschung wörtlich nehmen. Wir sind ent – täuscht, weil sie nicht unseren Vorstellungen entsprechen. "

„Und woher willst Du wissen ob Du nicht von ihnen manipuliert wirst?"

„Ach hör doch damit auf! Wir sollten endlich unser Misstrauen ihnen gegenüber aufgeben. Wir haben doch nichts zu verlieren. Wir sind hier auf einem uns völlig unbekannten Planeten. Diesen gilt es doch zu erforschen und wir sollten nicht vergessen, dass wir auch zurück zu Robert und Dimitrie wollen. Ich meine, dies werden wir nur mit Hilfe der Marcies schaffen. Sie haben uns hierher gebracht. Sie werden uns ebenso zurückbringen. Ein Problem eine Lösung. Und wenn sie uns hätten schaden wollen, so hätten sie dies schon lange tun können. Du siehst ja, sie lassen uns wieder mal alleine und damit in Ruhe. Wir sollten mal langsam lernen unsere Angst zu überwinden."

Christos atmete tief durch. Er überlegte eine Weile. „Nun gut. Wir können es ja probieren. Bin gespannt wie beides zusammen gehen soll. Die Kommunikation mit den runden Leuten und gleichzeitig die Erforschung dieses grauen Planeten und dazu noch die Rückkehr zum Mars. Haben wir noch etwas vergessen, vielleicht die Rettung des Universums?"

„Sei nicht albern!" entgegnete Sergej. „Machst du mit?"

„Na klar, hab` ja sonst nichts zu tun. Und – habe ich denn eine andere Wahl? Ich kann dich ja nicht alleine lassen."

„Gut, dann lass uns einen dieser Marcies suchen und sie Interviewen wo wir hier sind und wie wir wieder hier wegkommen. Ich schlage vor wir folgen ihrem Weg."

Und so gingen sie zusammen den Weg entlang auf dem sie die Marcies gehen sahen. Ab, hinein in den neuen Planeten. Sie wussten nicht wo sie waren und wie weit weg sie von der Erde und dem Mars waren. Sie wussten nicht welche Abenteuer sie erleben würden. Für sie galt was Christos sagte: „Na dann, auf zu neuen Ufern!"

Und so folgten sie einen der Wege welche die Marcies vom Raumschiff hinein in den Planeten genommen hatten. Der Weg war ein Gang der in den grauen Felsen hinein führte. Die Wände waren recht grob bearbeitet worden. Hätten die beiden es nicht besser gewusst, so hätte man annehmen können, dass hier eine primitive Art am Werk gewesen wäre. Die Wände waren grau. Nicht wie auf dem Mars in Rottönen gehalten, sondern grau. Sie waren auch nicht geradlinig sondern eher verschlungen und wechselten nicht nur oft die Richtung, sondern auch ihre Höhe.

034 Höflich währt am längsten

„Schaut nur . . . " meinte Sergej, „ . . . mir scheinen diese Wege in dieser und jener Weise gröber und unbeholfener zu sein als jene wir auf dem Mars gefunden."

> „Was . . . ?" Christos prustete los. „ . . . ´als jene wir auf dem Mars gefunden´. Ihr sprecht so merkwürdig, so geschwollen. Als seiet ihr von adliger Herkunft, was ihr bestimmt nicht seid."

„Aber edler Freund, ihr sprecht genauso geschwollen und aufgeblasen wie ein Pfau. Ihr solltet euch nur reden hören! Welch Narretei, mir dünkt Ihr gebt vor von adliger Herkunft zu sein, indem ihr meine anzweifelt."

> „Edler Freund, das ich nicht lache. Mir scheinet ihr seid nicht nur von dem blauen Planeten, der Erde, sondern aus einem anderen Jahrhundert hierher mit mir gelandet. Und mir ist als ob ihr blaues Blut in Euren Adern fließen habet. Ist meine Vermutung richtig? Erkläret euch! Was hat Euch berühret?"

„Wohl an! Ich kann euch keine geben edler Freund. Ich habe keine. Mir dünkt es liegt vielleicht an den Zuständen, den unbekannten, in diesen grauen Gängen, die, wie ihr wohl wisst, wir noch nie in unserem Leben durchwandert haben."

Beide schauten sich an und lachten.

> „Nein, nein. Es ist auch dieser Planet. Vielleicht ist die Luft hier anders als jene uns bekannte auf

der Erde oder . . .“ Christos musste wieder loslachen.

„Holen wir tief Luft und füllen unsere Lungen mit frischem Atem. Mir erscheinet, es sei der Äther dieser formidable, welcher uns so beschwingt durch die Gänge hüpfen lässt.“

Sie schauten sich an und gingen, sich gegenseitig angrinsend weiter. Nach kurzer Zeit der Wanderung endete der Gang in einer Höhle. Sie war bei weitem nicht so groß wie die Höhlen auf dem Mars.

„Schaut nur edler Freund, auf den Boden. Hätte ich ein Analyseapparatur dabei, so könnte ich Alljetzo eine Bestimmung der Mineralien und anderer Naturstoffe vornehmen.“

Dies war zu viel für Cristos. „´Alljetzo`, ich kann nicht mehr“ Christos lachte und hörte gar nicht mehr auf zu lachen.

 Sergej schaute nur verdutzt. „Mir scheint ihr wollt mich mit eurem impertinenten Benehmen beleidigen. Aber dies werdet ihr mit Gewissheit nicht schaffen.“ Nun musste er selber über sich lachen. „´Alljetzo`, ihr habt ja recht. So ein törichtes Geschwafel.“

„Dann hören wir eben auf damit!“

„Ja, richtig. Hören wir doch einfach auf damit! Mmmh – ist es weg?“

„Ja ich glaube schon. Ja ich rede wieder ganz normal. Aber was war dies nun schon wieder mal?“

Beide schauten sich fragend an und zuckten mit den Achseln.

„Ist mir egal. So ein Quatsch! Vielleicht ist es einfach die Zusammenset-
zung der Atmosphäre. Es kann mir auch egal sein. Komm wir schauen
einfach weiter. Wir wollten doch einen dieser Marcies treffen und ihm
einige Fragen zu diesem Planeten stellen. Und außerdem habe ich Hunger."

„Ja, auch ich könnte jetzt etwas zu Essen gebrauchen. Ein schönes Rump-
steak mit Kräuterbutter, Soße Bearnaise, Bohnen im Speckmantel und
dazu leicht gesalzene Pommes Frites. Das wäre doch schön. Ein Glas
Rotwein dazu oder eine schöne kalte Cola. Was meinst Du dazu Chris?"

„Das ist gut. Aber ich möchte lieber Fisch vom Grill. Aber komm jetzt,
lass und etwas schneller gehen. Die Marcies sind uns schon ein ganzes
Stück voraus."

Beide begannen schneller zu gehen. Die Gänge wanden sich durch das
Gestein.

035 Die Tür zum Tresor

Nachdem sie eine ganze Weile gegangen waren, und sie ihre Konversation in der alten Sprache bereits vergessen hatten, da die immer enger werdenden Gänge bereits zu kleinen Stollen wurden – da kamen sie an eine Tür . . .

Sergej staunte: „Was für ein Klotz. Ist das hier die Bank von England. Schau mal dies Ding an. Sieht aus wie eine Tür zu einem Tresor. Wow, wie massiv!"

Er klopfte mit dem Zeigefinger gegen die Tür und horchte als ob er auf eine Stimme von der anderen Seite hören würde die „Herein!" rufen würde.

„Na was ist?"

„Was soll sein? Massiv ist das Ding. Und wir kommen nicht weiter. Entweder wir öffnen den Tresor und schauen was uns auf der anderen Seite erwartet, oder wir kehren um und gehen dann den ganzen Weg zurück und nehmen eine Abzweigung."

„Aber wo sind die Marcies hin? Eben waren sie doch noch vor uns."

„Ja und nun sind sie auf der anderen Seite und haben uns ausgesperrt! Zu dumm, wir hätten schneller sein sollen!"

Die Tür war rund, und an zwei von der Decke herunterhängen Metallstreben befestigt. In der Mitte eine Kurbel.

„Rede nicht!" befahl Christos. Vielleicht drehst du mal an der Kurbel. Es könnte ja sein, dass sich dann Tür öffnet, oder?"

„Was mich nur wundert ist, dass dies Ding so grob und alt aussieht. Weißt du noch wie lange wir an dem Eingang zum „Ei" gearbeitet haben, bis es sich geöffnet hatte. Und hier soll nun alles so einfach sein."

„Dies macht dich misstrauisch, was? Es könnte doch eine alte Tür aus längst vergangenen Tagen sein. Die Marcies haben sie vor . . ."

„Nein! Nicht die Marcies, sondern irgendein anderes Völkchen hat sie gebaut und hier als Sperre aufgebaut."

„Und die sitzen nun auf der anderen Seite mit gewetzten Messern und wollen uns gleich verspeisen wenn wir die Tür öffnen! Nun stehst Du vor dieser Tür und machst Dir gleich ins Hemd! Ich fass es nicht! Lass mich durch, ich werde sie öffnen. Dem mutigen gehört die Welt – lass mich durch!"

Christos schob sich an Sergej vorbei, ergriff mit beiden Händen die Kurbel und begann mit aller Kraft diese im Uhrzeiger Sinn zu drehen. Christos wich erschrocken zurück.

„Übermut tut selten gut." Kommentierte dieser die Aktion von Christos.

„Du Angsthase. Siehst Du, sie bewegt sich schon."

Er drehte die Kurbel bis zum Anschlag.

„Los geh zurück - ich will die Tür öffnen."

Sergej ging vier Schritte zurück. Denn die Tür war groß und sollte sie sich öffnen lassen, dann würde sie weit in den Gang hineinragen. Und so geschah es.

„Schau Dir das an. Das Gold von Fort Knox ist nicht durch eine bessere Tür gesichert. Komm mal her du Angsthase. Fühl mal wie leicht sich diese Tür drehen lässt."

„Du hast Recht! Babyleicht! Dabei sieht sie so massiv aus." sagte Sergej.

*   *   *

Hier endet erst mal mein Bericht. Ich brauche nämlich mal dringend eine Pause. Ich habe noch lange nicht alles erzählt, was wir erlebt haben. Ich möchte nach der Pause noch von den Amerikanern berichten, die ja vor uns versucht hatten auf dem Planeten zu landen. Streng genommen waren sie ja die ersten auf dem Mars.

Bis später – ich habe Hunger!

Zeitfracht Medien GmbH
Ferdinand-Jühlke-Straße 7
99095 Erfurt, Deutschland
produktsicherheit@kolibri360.de